80年の流れで体験した歴史認識

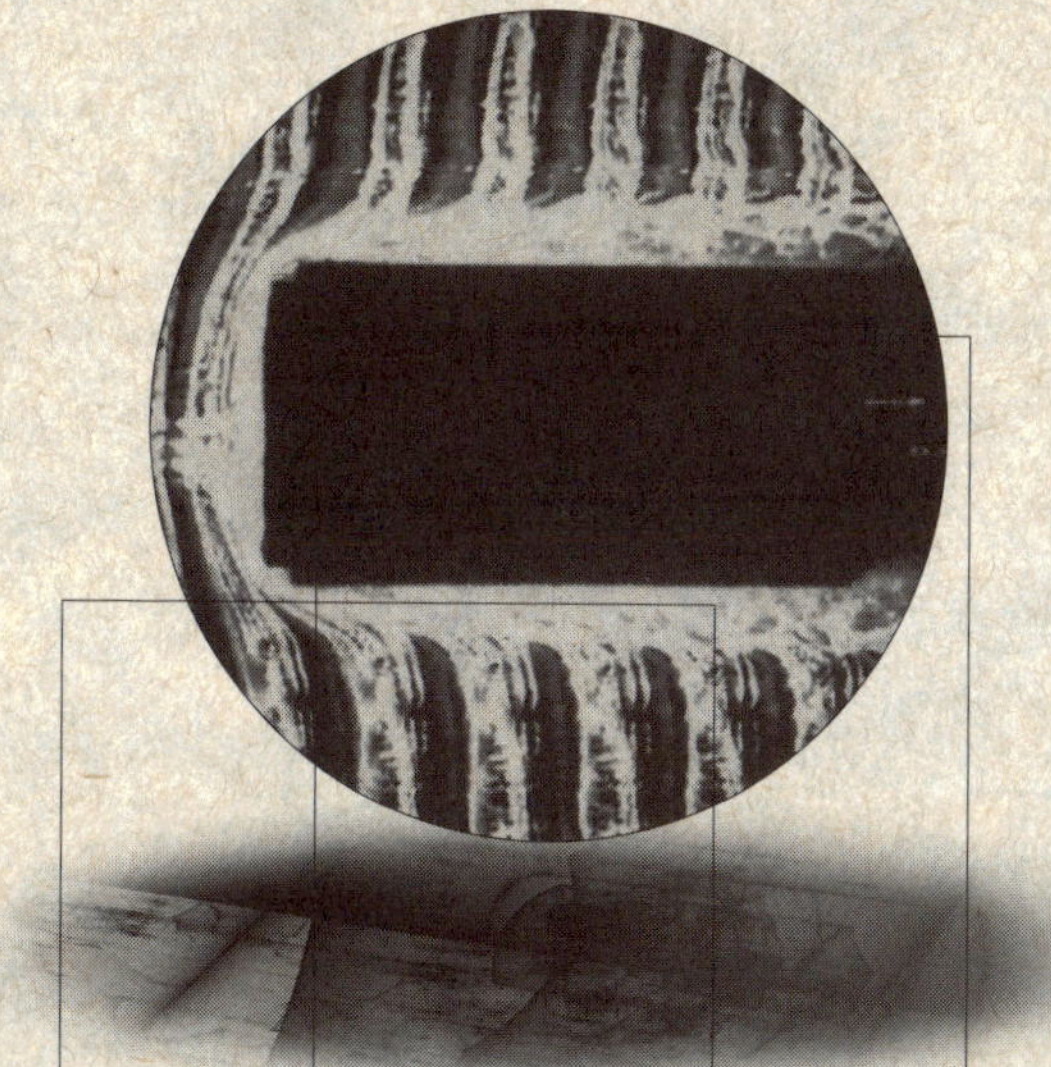

稀有鳥

東方社

まえがき

最初にお断わりしますが、ここには著者の生きてきた歴史認識を書きました。作り話ではない事実です。80年以上も昔の事件は殆んど金儲けの大企業と大財閥の侵略戦争を国是、国益として軍部にやらせた事だと書きました。

その大企業は昭和天皇の神格化を利用して絶対君主制の国家を護持しました。国民は権力者に支配され国益は大企業・大財閥の利益という事に気付かなかった。ファッシズム軍国主義政府の歴代首相は国家権力で国民の平和的意見を押し潰した。国民は天皇の統帥権で支配され、企業利益の戦争に兵隊を消耗品として徴兵された。皇族も利用されて拒否する事も出来なかった悲しい時代が僅かな昔に在った。現政権は集団的自衛権で米国の一強の下で戦争が可能な条約の戦略を進めています。今日の若者は戦争の悲惨さを体験せず、ただ反撃の戦争を容認する者もいます。昔ドイツではナチス・ヒットラーの台頭に、国民が双手を挙げて賛同しました。敗戦を経験したドイツ人は残虐なナチス党員の追跡を時効なしで行っています。日本政府は戦争経験者が居ないので歴史認識に右翼の御用学者を連れてきます。憲法を守る学者を政府は偏見と云い、最高裁判所は「憲法違反を裁く」筈の人達です。

役所が憲法を守る人達を会場から締め出せば、国民は主権者だから怒るのは当然です。戦後十年、大学時代に第五福竜丸の被爆事件から、被爆と戦争被害者の救済を立法する署名を始め、被団協中心の強い署名運動から国は被爆者手帳交付を始めた。

1968年11月27日最高裁判決は受忍論を在外の財産補償問題で示した「国民のすべてが、多かれ少なかれ、その生命・身体・財産を耐え忍ぶべく余儀なくされていたのであり、これらの犠牲は、いずれも、戦争犠牲又は戦争損害として、国民の等しく受忍しなければならなかったところであり……これに対する補償は、日本国憲法の全く予想しないところと云うべきです」と戦争の受忍を判例とした。

1987年6月26日最高裁判決は名古屋空襲訴訟で「戦争犠牲、戦争損害は、国の存亡にかかわる非常事態の下では、国民の等しく受忍しなければならなかったところであって、これに対する補償は、憲法の全く予想しないところ」と結審した。

この判例で最高裁判所は、これから起こる戦争罹災者に「国民は被害を受忍せよ」と今後は「……戦争による被害に国は何の補償もしない」事も明白に示した。ここで補償するのは「憲法違反の自衛隊員の武器使用の戦争被害者」だけです。正に今回の原発事故も予想外の事故として東電責任を国民全員に受忍させせました。先の最高裁判決の補償と同じで、罹災者の救済の為の立法を要求し実現したい。また集団的自衛権法を違憲訴訟して、敗戦後70年間の平和の崩壊を阻止して守りたい。

80年の流れで 体験した歴史認識 ※ 目次

装　幀　高島鯉水子

80年の流れで
体験した歴史認識
―名大の巻―

1　日本軍主導で傀儡政権の満州を建国

何故、傀儡の満州国と云うのか、この国に関わった日本の歴史を少し書きます。

１９２８年張作霖は国民革命軍に敗れ、日本軍が殺した。張学良は日本に抵抗して国民党寄りになった。１９３１年９月18日の柳条湖事件で日本軍は満州を占領し、同年９月22日満州国を独立国家とした。日本は24日奉天、27日ハルピンに特別区を作る。

１９３２年２月16日から18日に満州国の独立宣言をした。

３月１日に日本軍は清朝の愛新覚羅溥儀皇帝を執政にして国を作る事を画策した。

時の満州国の人口は３８８５５６２人、日本人は２１２万人でした。この中で当然中国人が最大人口であり、次に朝鮮民族、ロシア人やモンゴル人がいた。中国を支配し侵略する拠点の植民地的国家は世界の何処の国も認めなかった。日本は国際連盟から異端者扱いの中て、松岡全権は連盟から脱退を宣言した。昭和一桁生まれの人は満州が黄色で、朝鮮と台湾が薄桃色の地図を見てきた。この時日本は一番国土を広げた時代であったが、それが悲劇の始まりでした。日本人に満州の国土は豊かに見えたが、そこでは多数の中国人の血が流され苦しんだ。満州は日本軍に侵略されて建国された傀儡国家であった事を忘れてはならない。敗戦後、満州国皇帝溥儀は新中国政府に捕えられ、戦犯として裁判にかけられた。姪の愛新覚羅慧生は日本に政治亡命したが、敗戦後まもなく天城山で自殺した。日本が講和条約を受け容れて、米国の傘下に入って満州国の戦犯をかくまった。一般の兵隊等はソ連にシベリアへ捕虜で連行されて重労働をしてから帰国した。満州国の設立は中国から資源を獲得し、日本だけ豊かになる事を考えていた。まず満州では現地の労働者を使って満州鉄道（満鉄）を建設した。この広軌の鉄道は大連から満州里までつながれてハルピン経由でシベリア鉄道につながる事になった。この鉄道は関東軍の移動や農作物の運搬の為に大連までつながる事になった。

敗戦が濃くなった時に、日本軍の幹部達は敗戦前に財産を持って日本に引揚げた。満州では敗戦前の軍隊は開拓義勇軍団の人達に任せられたので軍隊とみなされた。敗戦時の満鉄は機能を失い、軍人優先で運転され、鉄道車両を帰国子女や残留住民には回さず上級兵士達は帰国した。残留婦女子は自殺や強姦に遭い悲惨な状態になった。

日本政府は、この残留の事実に資料が無いという理由で何の手も打たなかった。日本政府は旧財閥の回復には多くの便宜を与え、戦争で被害を受けた孤児にほとんどケアもしなかった。異国で家族を失い、生きる術を知らない孤児達が残った。多くの児童は飢えに苦しみながら自らの力で戦後の生き方を模索した。政府の受忍論に反抗して時には犯罪に発展したが、政府は保護もしなかった。

2　武力で朝鮮を併合、昭和6年に大恐慌（1931）

朝鮮へ進出の戦争は、その昔の豊臣秀吉時代の朝鮮出兵から始まっていた。その後日本は大陸への侵攻を虎視眈眈と考えたのは丁度英国の海賊バイキングが、その艦船の軍備により、世界中に植民地を作る事を計画したのと同じ事を始めた。

明治になると天皇に統帥権を与える憲法を作り、天皇機関説で言われるように軍人が政治に関与し始めた。それと前後して世界に対抗するには軍備拡張しかないとして、貧農や漁民の子弟を徴兵して軍隊を増強し富国強兵の道を進め始めた。

勿論軍備に必要な産業と工業は財閥の参加により、東京大学をはじめ各地に帝国大学工学部を作り、エンジニアを育てる事を始めた。エンジンはウエブスターの辞書では人を苦しめる道具を意味し、エンジニアとは其れを使う者と書かれている。

例えば名古屋大学の前身は名古屋医学校であり、昭和15年に川崎、三菱航空機の軍需工場が出来ると工学部を新設、学生を教育して技師や幹部工員を生産した。名古屋高工専も設立されて三菱航空機や川崎航空機など軍需産業が盛んになった。これ等、一連の動きは日本政府が富国強兵を盛んに行い始めた事による。日本経済が独占的企業よりになり国家と結びつくと軍需品と兵器の生産に傾いたのです。領土を拡大する為に朝鮮全土を武力で制圧して日本に併合した歴史がある。

3　日本軍は中国各地で戦争体制を本格化

当時は満州国にいる日本人を守る口実で関東軍を派遣して常駐させた。更にこの時期から邦人保護の為に大連や北京に日本軍が常駐するようになった。柳条橋、北京、上海などで蔣介石軍と小競り合いし実質の日中戦争が始まった。中国は植民地化されるより日本軍と戦う事に集中して他国が入る事を拒んだ。しかし日本軍と戦う段階で多くの国から武器や資金の援助を求めて戦っていた。ドイツの機関銃は日本軍を苦しめた。蔣介石は日本に抵抗する為に国際連盟に訴えた。そこでアメリカは資金の多くを中国に拠出して食料や船、飛行機などを提供した。日本はこの時、全軍を中国に投入して多くの都市を占領し成都まで侵攻した。米英との戦争開始まで日本はアジアで一番強い武装軍隊を保持したと云える。その上で中国から略奪した台湾と強制的に併合した朝鮮を加えて日本国とした。日露戦でロシアから割除した樺太・千島を加え南北に大日本帝国と称した。これは大英帝国に真似て元首として天皇に憲法の条文で国の統帥権を与えた。帝国議会は戦争の為に徴兵制度を確立して男子20歳で兵役を科したのです。但し日中戦争が始まる前までは兵役を納税金で免除されたので、財閥の大金持の子弟達は納付金で兵役に参加しなくても良いと云う抜け道まであった。

4　7月29日、通州事変で日本人虐殺

１９３７年7月末日通州で冀東政府の国防軍は日本政府の事務連絡部を襲撃、この事変で妻の父も軍属として居たので全員虐殺された。日本軍は北京から出動して中国国防軍を撃破した通州事件がある。

この7月から中国全土への日本軍の侵攻が始まった。

中国、朝鮮に補充兵の後方支援で徴用された小塚良昭の話では日本軍の従軍慰安婦に朝鮮人女性がいた事は確かで、遊ぶ料金は日本女性より安かったと述べた。休暇には衛生兵から「鉄兜」と呼ぶ衛生サックを貰い慰安所に行ったと述べた。彼は前線でなく後方支援部隊に居り、時には糧秣を持って遊びに出かけた。彼の従軍期間は「昭和13年から敗戦の日まで7年間です」と彼は述べていた。従軍場所は中国と朝鮮半島に限られていたというが、後援支援の技術部隊にいた。従兄弟で次男の渡邉住夫は満蒙少年開拓団の走りで義勇軍人として昭和15年に満州へ出かけて行った。畑を開拓するのは初めだけで731部隊に所属し、実験後の中国人死体の始末の為に働いたと述べている。ガス及び薬で殺された中国人を土葬する為に、死体運びが毎日続いたと述べた。これらの世界大戦の戦争責任の裁判では、全て何も不問にされて逃げ帰った高官は日本で自衛隊に入り、再軍備して再び戦争に加担しようとした。

この中国人を実験に使って戦争を行った日本軍の幹部の戦争責任は逃れられない。戦争犠牲者は沖縄だけでなく原爆など、日本政府は負の財産を忘れてはならない。

5　支那事変初期の上海敵前上陸で兄が負傷

昭和12年8月上海事件は蒋介石の中国軍が支配地域で、大きな戦闘が行われ、日本軍が勝利したと云われているが、この敵前上陸作戦で多くの死傷者出た。この上陸作戦の戦闘で兄は右腕の関節に貫通銃創をうけて負傷した。この年に兄は除隊して陸軍病院の治療所の岐阜県の下呂温泉山田旅館に来ていた。家族は見舞いに出かけたが、私は小さくて家に取り残された事を覚えている。昭和12年頃はまだ甘い菓子などが店頭に並べられて1銭銅貨で煎餅が買えた。ドリコという菓子が好きで当りの籤があり、当たるとオマケがあり嬉しかった。飲み物は赤や緑色の桂露水が瓢箪型ガラスの容器で売っていた。屋台店が出て花火や夏みかん、駄菓子に風鈴や折紙まで売っていた。

此の頃は志願兵が無く兵隊検査があり甲種合格でないと徴兵されなかった。乙種と丙種は病が在り、やせ細った者は不合格と選別されて恥とされていた。世間では散々中国の悪口と朝鮮人へのヘイトスピーチが当然として話された。高山線の線路を建設する為に使われた鉄筋の屑が飛騨川に流れ込み拾われた。それはボテフリと云われた屑鉄を集める商人が来て纏めて目方で買われた。子供心に何故鉄屑が売れるのかが、解らなかったが河原の砂地を探して歩いたものである。

6　南京大虐殺を勝利と聞かされ祝賀行進

南京陥落は新聞で大々的に宣伝されて、新聞の一面は南京城門を馬に跨った部隊長が旭日旗を掲げて入場するものでした。これは世界的に相当な抵抗があり、アメリカの沖縄戦時と同じく多くの人が殺された事は疑いも無い事実であります。

日本の多くの国民は国益に繋がる戦勝を祝って学区の部落の県道を祝賀行進した。この時代は南京で大虐殺があっても他国であり当然の事の様に考えさせられた。歴史で学べばこの大虐殺は人類史上許されないものと考えるが、兄が見せてくれた写真で中国人の打ち首の写真には子供ながらすごく怖い恐ろしい物でした。写真は何でも好きでしたが、首の無い人の写真や堀割に無造作に投げ込まれた死体の写真には、子供には見せてほしくない恐ろしい殺人光景の写真でした。新聞の読めない子供でも通州事件などは紙芝居で田舎の人達は知っていた。

此の頃（1937年）田舎にラジオ放送が時間を区切って放送されるようになった。集落では本家と隠居にラジオが入り、相撲放送が聞けるようになると情報は早い。ラジオは時の日本軍の中国での戦果を大本営から戦果として放送された。

当時は中国とは言わず支那と呼び、汪兆銘主席は北京の親玉としてよく聞かされた。上海、北京、南京、徐州、重慶、成都、ハルピンなどの都市を子供は暗記した。この頃日本陸軍の関東軍は東中国を征服して利権を得ようと軍備拡張を始めた。同時に日本海軍も軍事予算を獲得して戦艦陸奥、長門や武蔵を建造したのです。子供心に軍艦のカードを集めて巡洋艦、駆逐艦、航空母艦まで覚えようとした。この時代（1938年から1941年まで）は日本中が軍拡の景気に包まれていた。税金が高くなり小作の生活は悲惨となり、国民には過酷な生活が迫りつつあった。世間では政府に文句を云う者や赤本などで特別高等公安員と云う輩は、戦争に反対する国民を差別なく捕まえて強引に連行し厳しく調べて牢獄へ押し込んだ。岐阜県八百津町では特高が来て小学校の教師を捕まえ、裁判もせずに自転車のチエンで殴り、血だらけにして帰ったという事も母に聞かされて、赤本は読まないように指導された。この先生がどんな赤本を持っていたかは定かでなかった。個人通報で報復されたらしく、お上の役所には何も言えずにじっと辛抱して従った。

この構図が出来上がり、天皇を中心に統帥権のもとで悲惨な戦争が始まった。１９３３年生まれの私は少年時代には姉から受け継いだ民謡位で後はほとんど軍歌しか口に出て来ないのです。それから70年余りたっているのに、何も見なくて、軍歌の歌詞が暗唱されて次々と出て来るほど洗脳されていた訳です。次に述べる小学生時代の教育が如何に大切かを今更ながら恐ろしいと思いだす。

7　日本軍はノモンハン戦でソ連軍に敗れる

ノモンハン事件とは満州で日本軍がソ連軍と初めて戦争をした事件でした。物量ともに日本軍を超えていたソ連軍は革命後の政府が権力闘争を始めた。厭戦のソ連軍の兵士は戦争をする気はなくて、ソ連軍優位の儘で停戦を行った。

これを機会に日本はソ連と不可侵条約を結び背後の敵を排除したと考えた。当時は未だ中国には日本軍隊が駐在しており、利権を求める輩が蠢いていた。日本軍はこの戦争を事件と呼び、ソ連軍との間で戦争ではなかった事にした。国際連盟をはじめ日本の中国への干渉と侵略は世界の国々から批難された。この理由で、日本ではノモンハン事件については触れるのを避けて来た。

日本軍は、特に関東軍は戦車の増強などに走り、アジア最強軍と言われた。中国は日本と戦う反面、国内で毛沢東と孫文の弟子の蔣介石が争っていた。日本が米国と戦い始めると共通の敵は日本と国共合作の抵抗が始まっていた。それは日本にとって苦戦を強いられ、関東軍を半減して米英と戦う事になる。日本は満州国を作ったが、大東亜共栄圏の構想は此処で頓挫する事になった。天皇の名代で皇族を満州に送り、あらゆる所で皇族は戦争に政治に関与した。この君主独裁時代までは日本がアジアで最強軍隊の帝国軍隊を作っていた。

8　満州の植民地化に満蒙開拓義勇軍を送る

満州は広くて資源も沢山有り、日本人には資源が満州人の物だという感覚が無かった。日本は侵略した国の資源は、その占領軍の国の戦果だという勝者の感覚があった。その理由は国民の生命と財産を守る為と称し乍ら実は金持ちの財産を守るだけでした。

なぜなら兵器産業の大企業の株を沢山持つ者は大金持ち以外になかったからです。大陸の満州国には多くの石炭と鉄鉱石が露天掘りされるほど埋蔵されて生産されていた。

満州に満州鉄道を作り、国内で生産出来なかった高炉の製鉄所を作ったのです。清の皇帝の子孫を満州皇帝に戴き、それを傀儡政権として操り、利権を求めた。自国では到底出来ない人体実験を行い、731部隊は毒ガスを生産して利用した。満蒙開拓少年兵達は死体運びの要員として招集されて従軍し労働をさせられた。本来の農地開墾や農業指導への仕事ではなくて軍人と同一条件で働かせられた。移住して働いた日本の農家の次男三男の家族はソ連侵攻に耐えられず自殺した。戦災孤児は現地に取り残され、捕虜の兵士達はシベリアの強制労働に送られた。少なくとも3年以上の強制労働をして引揚げるまでに多くの兵士が亡くなった。敗戦の味をアメリカは太平洋戦争で日本に逆に教えてくれたのが沖縄戦争でした。今の日本の自衛隊は、アメリカとの条約で再び戦争に参加しようとしている。

正に、この行動はテロを国内に呼び込む危険を大きくするものです。平和維持法は言葉とは逆の戦争容認の道に進んでいると云える。

9　日本は国際連盟を脱退し軍備拡張

軍備拡張に歯止めのない日本は国際連盟を脱退して海軍の戦艦の建造を行った。昭和12年から16年までは軍拡路線で国力は衰えて農村は貧困化していった。この時期、日本は石油資源が無いので水力発電で賄う事を考えて各河川に出来るだけの多くのダムを作り、自然エネルギーの発電所を建設したのは面白い現象でした。国際的には右翼戦線の考えで共通するドイツとイタリアと三国同盟を作った。大阪毎日新聞の懸賞論文「五十年后の太平洋」の当選論文に三好武二は既に日米の戦争を予告して書いていた。大正時代に資本主義の戦争気運が鮮明に描かれた鋭い懸賞論文を付け加える。この国際連盟脱退から日本の軍国帝国主義は行く末のない暗い戦争へ走り続けた。盧溝橋で日本軍が鉄道を爆破して中国軍の行為と捏造し参戦への口実にした。ニューヨークの連続テロからイラク侵攻の米軍の行動は昔の日本軍と似ていた。米国の石油の利権がクエートにあり、米軍の単独のイラク攻略は朝飯前でした。軍備の強い日本軍は、抵抗なく侵略して、やりたい放題の事を中国で行った。侵略の正しい歴史認識が戦後の与党の政治家に見かけられないのは残念です。松岡大使の行為は正論だという人もいるが、結果は何があったかを知る事です。それから80年後の日本は再び同じ道を歩んでおり、日本の若者は軍拡路線を止める事が必要であります。

10 米英仏の経済封鎖の制裁に反発

フイリピンは米国、ベトナムはフランス、マレーシアは英国、インドネシアはオランダ、満州、朝鮮、台湾は日本などと戦前の植民地の構図が決まっていた。その構図は1941年の日米の開戦まで続いた列強連合国の関係でした。1945年からは、それぞれの国は独立戦争を経験して完全な独立国となって行った。最初は日本軍がハワイのホノルル湾を攻撃した。それ以前は仏領インドシナ（ベトナム）と外交上は交流があり僅かな石油を輸入していた。ボルネオはイギリスの植民地であり、現在のブルネイからの輸入も無くなり、戦争によって石油の輸入（戦果）を再開した。

石油資源の獲得の為に起こされた戦争とも云えるが、それは日本財界の要求であり、国民が望んだ戦争ではなく、当時は外国から略奪する資源しか考えられなかった。その為に軍備を拡張してから使いやすい人的資産を徴兵制度と云う手段で集めた。

天皇の指揮を強化する統帥権を使い1銭5厘の葉書で招集した兵隊が使われた。「天皇陛下万歳」と叫んで戦死した人もいたが、多くは「お母さん」と泣いて死んでいった。戦争の反省もなく日本は「神風が吹くのだ」と神話を持ち出して国民を騙しつづけた。米英仏と中国に戦争をしかけて、多くの国々の善良な青年を戦争で殺してしまった。

70年過ぎると反省もなく再び軍隊を持ち、近隣の諸国を威嚇しようとしている。

11　ソ連と不可侵条約で米英と対峙、三国同盟

日本とロシアは明治35年に日露戦争をしたが、その奇襲作戦で宣戦布告も無く日本海で待ち伏せしてロシアのバルチック艦隊を攻撃し撃破したと記された。日露戦争とは歴史で教えているが、この戦争は何時何処で始まったか定かでない。東郷平八郎とか、乃木希典が、この日露戦争の最高の立役者でしたと教えられた。バルチック艦隊を撃破した日本海軍は有名になり、多くの軍艦が作られ始めた。

旅順港で多くの艦船と人命が失われ、ロシアから大連の租借地と南樺太を奪った。東シナ海での制海権を手にした日本海軍は陸軍に対抗して航空母艦を建造した。ソ連との条約も日本の理不尽な太平洋戦争には通用せずヤルタの米英ソの三国会談で、ソ連はドイツと同盟者の日本に戦争を仕掛けて南樺太をとり返して北方4島も占領した。

敗戦後にソ連は米軍より早く北方領土の4島に上陸して戦利品として略取した。戦争に参加して満州の日本兵を捕虜としてシベリアに送り、強制労働させた。厳しい捕虜生活の中で洗脳の後に日本へ送還させたが亡くなった者も多数いた。未だに日ソ平和条約は締結されていない敗戦の状態が現在も続いている。不可侵条約を守らなかったとは屁理屈で、ドイツと戦い勝利したソ連は、ヤルタ会談の結果、日独伊の同盟国の日本を共通の宿敵として参戦したのは当然の事で遅れただけです。

12　戦艦陸奥、武蔵などを建造、戦闘機を増産

軍需の兵器産業は国民の税金をいかにして沢山獲得するかを考えており、国の予算がどれだけ獲得できるかを日夜考えて、人の命の価値など考えた事は無いのです。そ

の軍隊の最高幹部や大臣に取り入り予算をどれほど獲得するかに狂奔していた。政府は国民の命と財産を守る為に軍備が必要だと云うが、兵士の命は徴兵制度でタダ同然に使い捨てであり、財産を守ると云うのは大企業の利益財産の事でした。商人は貢物を携えて陸軍や特に海軍と空軍の幹部に多くの大金を使う為に日参するのでした。特に大型の艦船や空母などの建造では三菱長崎造船や播磨造船などに作らせた。航空機は川崎航空機、中島航空機、三菱航空機製作所などに多くが注文された。更にほとんど役に立たなくて、海軍兵士のみが殺された戦艦大和もつくられた。戦艦大和は軍部が国民の追及を恐れて沖縄の海底に沈めて敗戦を締めくくる事にした。戦闘機は操縦士の命も考えないお粗末な機体で、まともに飛べないベニヤ板の飛行機まで出現した。敗戦後に日本の軍事産業はこの戦争で徴用し獲得した土地を元手にして立ち上がり東條英機戦犯の子などは、優遇されて三菱航空機製作所の所長にまでなった。

自衛隊も企業が儲ける手段であって例えば国土を洪水から守る事などは考えない。安倍政権が国民の命と財産を守る為と云う嘘の口実を信じてはいけない。

13　12月7日ホノルル島で米軍艦をテロ爆撃（1941）

同年11月、山本五十六元帥は日本艦隊を率いてハワイを目指していた。米国大統領ルーズベルトはこの事を知っており、潜水艦に監視報告させていた。この時、ハワイを攻撃するとは認識しなかったので対応の反撃準備が遅れた。米国在住日本人は財産を凍結、没収されて全員が強制収容所へ隔離された。「パールハーバーを忘れるな」を合言葉に兵器の大量な生産を行い、太平洋の戦況は一年半で逆転した。

南太平洋の制海権を取り返すまでマッカーサ元帥は米国へ逃げ帰っていた。日本軍は強いなと占領地のニュースが嘘であっても子供ながら信用した。小学校の低学年は大きな上級生の後について国旗を手にして祝賀行進をした。そして村の青年団の強そうな若者から次々と兵隊に徴兵されて村を出て行った。村の神社広場で青年が涙も出さず挨拶をした。生き帰った者は半分以下だった。子供達は同じ場所で挨拶の真似をして、互いに戦争へ行く訓練遊びをしていた。当時の朝のラジオは「12月8日未明に米英と戦闘状態に入れり」と繰り返し放送した。青年は戦場で戦う徴兵の義務があり、戦死もあり怖い事に違いはなかった。仏印やマレー半島から、「トラトラトラ」の最後は見当もつかぬものでした。校長は戦勝放送毎に、全校生徒に日章旗を持たせて校区内を四列縦隊の祝賀行進をさせた。

14　他国の多数の人を虐殺して戦争を続行

中国の戦争以外の戦場の情報は新聞とラジオの大本営発表だけでした。大本営発表を最初は真剣に聞いたが1年を過ぎると信用できない放送に聞こえた。しかし、本当に戦果があったのだと担任の先生に言われると少し信用した。

アッツ島の守備隊玉砕が報じられると日本軍は何故助けないのか不思議だった。何故、船に乗せて連れ帰るか援助する飛行機が北海道から飛べないのかと思った。そんな小さな島をなぜ守備するのかと考えて、玉砕戦争に疑問がおきたのです。人間の命を守る日本兵士が敵地の戦争では多くの一般人や女子や子供を殺した。政治家達は大企業からの献金や株で儲け貧農や商人の子弟を徴兵して殺した。子供心に戦争とは殺し合いはするが、話し合いでは解決できないのかと思った。新聞ではそんな事は誰も主張していないし、大人の話では何か敗戦の噂話を恐れていた。開戦のあとで仏印から来た友好の黒い干しバナナが学校で配られた時には驚いた。生のバナナなど手にした事の無い子供が台湾からの本物の干しバナナを食べた。そしてベトナムのゴムの木から採れた飴色の本物のゴム靴がクラスに1個ずつ配られた。生ゴムは履き心地は良くないが、抽選で当たった児童はお礼の手紙を書いた。何故、戦争をすると他国の品物が配られるのかと子供心に不思議に思った。

15　中国からベトナム、東南アジアへ侵略

当時、関東軍と云えば泣く子も黙ると云われた最強の日本陸軍であり、この戦争で南アジア方面に派遣された。陸軍は南海の孤島に上陸させられて、補給もなく、足の無い蟹になった。陸軍と海軍は縄張り意識があり仲が悪く協力は少なかった。大陸から熱い南国の小島に残された兵士は兵器も食料も無く戦い方が分からない。足を取られた蟹のように島の周りを歩き、食べ物も無い島を守る意味もなくなる。海軍の輸送船は米国潜水艦に狙われて補給路を断たれ、陸軍の精鋭は島中のほとんどの食べ物を

むさぼり、トカゲから蛇は美食で緑のものは何でも食べつくした。栄養失調になり、歩けない者はジャングルに残されてマラリアの蚊に命を落とした。

その頃、日本では南の占領した島を赤く塗って、国土が広がったと喜んでいた。軍の上層部は山本五十六司令官が撃墜死した時から南方戦線で日本軍が敗走しており乍ら転戦と云い、多くの兵士を見殺しして全軍の玉砕作戦まで敢行していた。

ミンダナオからガダルカナル戦で日本は休戦提案したが米国は降伏以外ないと通告した。多くの兵士はサイパンなど孤島で餓死か玉砕をしたが、島によっては投降した。南洋の島々の関東軍は兵器も食料も無い飢えた軍隊の哀れな結末を味わった。これはサイパン島で捕虜となり帰国した軍人の苦しい生き残りの証言である。

16　ガダルカナル玉砕とフイリピン投降（1944）

この島は比較的大きいが、空軍基地があり、燃料もあり、この戦争で一番激しい戦闘があり、日米双方に多数の死者が出た激戦地です。この島の戦いの勝敗がこの戦争の結果を示す事になったのです。島には元の米軍基地があり、空軍基地はこの地域の制空権を支配するものであり、日本軍は飛行機、滑走路と共に制空権も失った。

　この戦いで日本の航空母艦が攻撃され多数沈没した。そして戦争は決着がついた。戦争を続ける日本軍の大本営は嘘の戦果を堂々と放送して国民を騙していた。フイリピンに戦場が移動すると日本軍は一般市民を楯にとり、多くの市民を巻き添えに全滅した。首都マニラでは城門の中へ兵士は市民を入れて攻撃から逃れようとしたが、米軍機は上空から無差別な爆撃で50万人を越える人が米軍と日本軍の間で亡くなった。フイリピンは早くから日本軍が占領していたので米軍捕虜もおり、戦争の途中から、逆に日本軍人が捕虜となる逆転の戦争でもあった。フイリピンを米軍が占領すると台湾から日本へ引揚げる赤十字印の専用の輸送船が米潜水艦の攻撃目標にされて多くの児童が海底の藻屑とされたのは哀しい。

　１９４５年、政府穏健派の敗戦勧告を受け容れないほど大本営軍部の力が大きかった。天皇は「あと少し戦果を上げてから」と云いポツダム宣言受諾を遅らせた。

17　1944年末の本土の爆撃で敗戦色

日本軍は航空機を無くしており、本土のあちこちで艦砲射撃を受けた年です。本土の陸軍は岬に敵機の襲来を知らせる監視所を設けて、空襲警報を出していた。そして海岸の要所に高射砲基地を作り、襲来する米軍機を迎撃する心算でした。サイパン島の兵士の玉砕が終わると、B29爆撃機はサイパンから高度一万米で高射砲の弾も届かず日本の都市を絨毯爆撃した。皇居や京都は一発の爆撃もなかった。B29はサイパンから日本を爆撃して中国の成都まで飛ぶ性能を持っていた。その為に爆弾は少なくグアム島から日本へきた爆撃機は都市を焼夷弾で爆撃した。軍事工場や基地は爆弾が多く、工場の近くの住民は防空壕で多くの死者が出た。天皇は皇居の地下に頑丈な地下壕を作り、空襲警報と共にそこへ避難していた。天皇用の避難場所として信州の松代に一つの山を要塞化してトンネルを作り、疎開しようと試みたが完成する前に敗戦になった。フイリピンから帰国する赤十字の病院船も、兵士が乗って居た為に撃沈された。米軍は沖縄を中国とソ連への監視の要として総力で占領する事に決めた。沖縄は、この戦争の最大の激戦地となり、米軍は沖縄空軍基地を考えて戦略的に攻撃を始めた。沖縄を奪えば日本全土の爆撃が可能になるので、悲惨な殺し合い戦を拡げたのは僅か70年余前の事です。

18　天皇は沖縄の玉砕を命じ20万人犠牲

防衛も出来ない兵器で南の島を守備させたのは僅かな数の応召兵でした。海が見えないほどの艦船が大西洋からも集り、沖縄を艦砲射撃と無差別爆撃で、抵抗者が殆んど居ないような状態で米軍は上陸したが、わずかな抵抗もあった。ガマと呼ぶ自然に出来た避難壕は日本兵に占領されて住民は戦場の楯にされた。上陸した米軍海兵隊はガマを徹底して焼き払い兵士と住民が沢山亡くなった。

やがて沖縄の女学校生徒も動員されて兵士の看護にあたり、多くが銃弾に倒れた。その総数は20万人を超えると云い、今もその記念碑に多くの人名が刻まれている。戦いは一週間で終り多くの住民が亡くなり、少しの人が生き残り語り伝えている。米軍のカメラマンの映像には震えながら座る汚れた着物の少女が写っていた。その子も今は74歳位になった筈で、この戦争の哀れな無残さが記録に残された。ガマでは日本兵士の命令で子供の泣声を禁じ、口を押え我が子を殺した母がいた。沖縄は早期降伏せず多くの沖縄人が殺され、意味なき戦争の惨めさを味わった。追い打ちをかけて住民の土地は米軍に占領地として取り上げられ空軍基地となった。沖縄軍の玉砕で制空権を奪われ孤立したのも同然の本土には爆撃が始まった。6月に沖縄は完全に基地化されて、地方都市めがけてB29が絨毯爆撃をした。

19　昭和20年に東京と地方都市も爆撃（1945）

１９４５年3月、東京は爆撃を受けて皇居の東の大多数の70万戸が焼失した。罹災者は２６０万人、死者は9万人、負傷者は6万人、多くの戦争孤児を出した。川崎横浜も同時期に爆撃されて日本の中枢機能はマヒ状態になったのでした。浜松基地や静岡は艦砲射撃と爆撃、豊川工廠は終戦の一週間前に爆撃された。春日井の鷹木工廠は爆撃されて多くの人が亡くなった。豊川では姉が亡くなり母が作った矢絣のモンペが飛び散った足首に張り付いたのが見つかっただけという。直撃弾で瞬間的に亡くなったのだろうが哀しい淋しい事と記憶している。三菱重工、川崎重工の工場がそれほどの痛手を受けずに残ったのは大企業が残された裏を見るようでした。日本の空軍基地は皇居と同じく損害もなく生き残った。そして敗戦の後には米空軍基地と日本大企業が仲良く朝鮮戦争に参加していた。子供心には空に飛行機雲を作りながら旋回して飛行機が次々と落ちるのを米軍機だと大人に教えられた。編隊を組んで堂々と飛ぶ銀色の巨大飛行機は明らかにB29でした。夜の山頂から名古屋市が爆撃されて空が明るく見えると級友の話す言葉が弾んでいた。しかも担任の先生は「そういう爆撃される光景を見た事を皆に話すのはいけない事だ」と注意するのが生徒には空虚に聞こえた。

20　8月、原爆投下で完敗、ポツダム宣言受諾

当時の新聞はタブロイド版で、偽りの大本営発表が許可する報道検閲の為に虫食新聞になった。広島に原爆が落ちた時も「特殊爆弾投下された」とだけ小さい記事になっていた。「特殊爆弾」とは何かと考えた時、ラジオで原子爆弾を認めた報道もなかった。広島に関係者のない者にとっては原子爆弾の投下に触れる事も無く、長崎にも投

下されたと言う時になって初めてそれが原子爆弾だという報道がなされた。東條英機が総理大臣を降りて東久邇宮が敗戦処理の政府を組閣した。優しい姉は女子挺身隊員で8月7日に豊川海軍工廠への艦載機の爆撃で戦死した。その10日前には家に帰省して「怖いから工場に帰りたくない」と云っていた。私が肋膜炎で寝ている仏間へ来て「姉ちゃんが帰るまでに治っているのだよ」と笑って出て行ったのが最後の別れになった。戦死は、二日目に近所の人が家に知らせて来た。

それを聞いた母の泣き叫ぶ声とその悲しみを思い出して今でも涙が止まらない。玉音放送は昭和天皇の掠れた様な録音が15日の正午にラジオから流された。10日早くこれが行われたら姉は助かっていた。ここに一首、書き置く事にする。「幾千万　人を殺めし　軍政を　裁きの庭に　引き出すまでは」との念です。村の出征兵士の半分以上が戦死、国際的大企業の利害戦争で若者の多くの死が強制された。

21　9月3日に戦艦ミズリーで無条件降伏調印式

この日までに各地の戦闘行為は止み、NHKは敗戦を終戦と繰り返し言った。この終戦は今でも終戦記念日と報道され続けている。日本が正式に無条件降伏し、ポツダム宣言を受容れて敗けた日は9月3日の重光葵の調印式の日です。

戦艦ミズリー号は横須賀沖に泊まり甲板上で重光大使が足を引きずって調印をした。新聞には大きく写真を載せて、国民は其処で本当の敗戦を噛み締める事になった。当時の日本の労働者や学者達は未だ民主主義の勉強もせずに単なる多数決を始めた。政治犯とされた者の一部が解放されて、軍国主義者は隠れて悠然と生き残った。天皇の取り巻きを生かして戦争責任を取らせないばかりか戦犯にもしなかった。昭和天皇は沖縄に米軍基地を作る事をマッカーサ司令官と約束して天皇制維持を図った。敗戦後70年経った今日でも沖縄県には米軍基地が居座って問題化している。この時に軍国主義者を追求せずに、天皇を除いた数人の軍部戦犯を絞死刑にした。諸外国の国外軍事裁判所は捕虜担当の下級士官を処刑して敗戦処理は完了とした。敗戦後の焦土の都市で罹災した戦災孤児が食物を探して静かに餓死や病死をした。此処には戦争孤児のケアも無く、収容し保護も無く政府も保身と受忍論に努めた。

22　ドイツは3月に降伏、ナチス残党狩りを開始

日本とドイツとイタリアは三国枢密同盟を結び米英仏と対抗し戦争を始めた、イタリアがエジプトで負け、ソ連が参戦、ドイツの敗戦への追い込みに成功した。日独は同盟し、ロシアとフランスを占領、ポーランドまで自国としたが崩壊した。兵器と物量を誇る米軍はドイツに宣戦布告して英国側に国際連盟の名で参戦した。ジブラルタル海峡を挟んだ激戦や地中海の潜水艦攻撃でドイツを追い込んだ。英国はドイツから直接攻撃ロケットに相当悩まされたが、ドーバー海峡が守った。１９４５年3月にドイツのヒットラーが自殺すると終戦して敗戦になった。ホロコスト追及のドイツの裁判所はナチスの残党を訴追する法律を作り、彼等に時効はないとした。

日本はファッシズム者を訴追しなかったのは天皇の戦犯追求を恐れて、敗戦処理の中で昭和天皇の統帥権の追求はしない約束をＧＨＱと裏取引の工作をした。日本では昭和天皇が効力の無い明治憲法の統帥権を使って戦後の処理が為された。多くの国粋軍国主義者が隠れて生き残り、国会議員にまでのさばる事になった。

旧日本軍人は予備隊を作り軍隊の復活を目指した自衛隊の創立へと繋がった。特に源田実少佐らは自衛隊の航空幕僚長まで上がり後に参議院議員に選ばれた。日本の敗戦処理は米国に擦り寄り、その中心には互いに甘い汁を吸う兵器企業の集団もあった。

23　天皇を除外してA級戦犯の極東軍事裁判

明治憲法では第3条で「天皇は日本国を統帥する」と定めた時に戦争が始まった。これを御旗として陸海軍の幹部は軍備拡張の為に国家予算で大企業を肥やした。兵器産業は軍隊と結びつき国家予算の多くを戦争兵器の増産拡張に費やした。国民は疲弊していた、農村は貧困に悩み2・26事件の軍隊のクーデターが起きた。

首謀者らは処刑されず北満の関東軍に組み込まれて厳しい制裁を受けたとされる。無謀な太平洋戦争では多くの兵士以外の婦女子まで巻き込む本土爆撃をさせて、民の命と財産を守るより命を奪い財産を奪い、天皇の御領地だけを全国に残した。国民の多数を殺した昭和天皇は何の罪も無く、戦争は臣下が勝手にした事とした。

昭和天皇はGHQに対して、今後は沖縄を米軍基地として自由に使える約束をした。

この時マッカーサ元帥は皇居に天皇を訪問しパイプを咥えて並び写真に納まった。この記事は翌日の新聞に載り、多くの国民は本当の敗戦を心に刻んだ写真でした。極東軍事裁判で戦争の首謀者の軍人を裁判する為に巣鴨刑務所に収監された。米国主導の裁判は憲兵や虐待の軍人を裁かず、敗戦後の自衛隊に温存された。日本の軍国主義軍人を生き残し自衛隊を日本軍隊に復活させる事に成功した。無傷の軍国主義者は復活して、自衛隊を経て後に国会議員や財界にも進出した。

24　天皇は沖縄使用を約束し戦犯から免罪

日本の皇帝は戦争責任者であり、フセイン同様に極刑は免れないと思われた。天皇裕仁の側近の懐柔戦略は日本中をご巡幸で回し、国民を親しく懐柔した。責任を問われる前に食料のある戦災の無い地方を回り人間天皇を示す策略に出た。それは罹災地を回らずに比較的豊かな温泉とか食料豊かな土地を回っていた。JR高山線の下呂温泉に泊り、その後は観光列車の様に各駅を素通りしていた。小学生は駅に集り通過する車両を万歳で見送り、それは国民総懺悔の構図でした。近所の一人息子が戦死した老婆は、この御召列車をいつまでも睨みつけていた。配給の米も少ない時に温泉回りの天皇に風当たりは強く警官が線路を警戒した。1945年の春に沖縄は完全に占領された。陸軍中野兵学校の将校は沖縄で少年（14〜17歳）を集めて少年兵として爆弾を抱えて敵と戦う強制徴兵訓練をした。その名前も「護郷隊」と名付けて洗脳し、銃を持たせて米軍と戦う事も強制した。多くの若き戦士として亡くなった少年が報われなかった沖縄戦の実話がある。帰国した中野兵学校の将校らは責任も取らず、自衛隊の中に隠れてしまった。高級将校や皇族は原爆にも耐えられる防空壕を皇居と中野兵学校に建設した。戦後の政府は受忍論で固め原爆以外の罹災者を最高裁判所も救済認定をしなかった。

25　占領軍の米軍はＧＨＱを丸の内に設置

1951年春の修学旅行では東京丸の内のＧＨＱと書かれたビルを堀端に見た。日本国の憲法が出来て正常な民主主義国家になる事を見届ける司令部でした。この司令部は日本国を監視使用する以外に、朝鮮戦争を指揮する所になっていた。確かに一度は戦後に日本の財閥は解体されたが、国民から追及はされていない。その住友、三菱、三井等の三財閥は地位を剥奪されたが、元に戻ってしまった。復活には10年もかからず朝鮮戦争で米軍が板付、各務原、小牧基地から出撃して、朝鮮半島を爆撃する前線基地として使われ、日本大企業は軍需景気に沸いた。援護の悲惨な時代を抜け出す為に、朝鮮の人達を苦しめ乍ら日本企業は復興した。この日本の好戦的な教育を受けた人々は簡単に憲法だけでは平和に出来ない、金さえ入れば戦争も良いという考えがあり、大学でもその教育を十分にしなかった。新制大学工学部は戦争時代に日本軍隊の上級幹部を経験した教授がおり、敗戦後10年も経つと、軍隊の容認論を言い出し、軍国主義復活の教授さえ現れたのは当然です。それに戦後の戦争を知らない学生も現れて、これらの軍人教授に付いて行った。米国は日本の戦力を復活させない平和憲法を制定し、日本の戦争参加を制限した。政府はその憲法さえ今や戦争法律（集団自衛権）で破る事を内閣が考えている。

25　占領軍の米軍はＧＨＱを丸の内に設置

26　平和憲法起草が検討され国民は歓迎

米軍代表は日本国民が天皇を慕うように教育されて来たから、君主立憲国家を残して共和国にせず、天皇は政治には関与せずに、国の象徴として残す事にした。貴族議院を廃止して参議院、衆議院の二院制の国民議会が国政を決める事になった。

参議院は六年任期で半数が三年毎に改選、衆議院は四年任期で、途中で解散選挙が出来る。日本人は女性まで選挙権が与えられたにもかかわらず、選択が出来ない教育を受けて来た事が災いした。国民が宣戦してない戦争で罹災した国民を政府は「国民が等しく受忍すべし」と誰も救済せずに、後に原爆被害者だけを救済する事にした。国民は等しく平和で健康な生活を平等に受ける権利があると憲法には明記された。しかし、この戦争で怪我や病気になった者は受忍論が多数を占める裁判官が多くて、国民の総懺悔論で何の補償も受けられず、無視されて無責任に打ち棄てられた。震災などで色々と保証される世の中で、戦災を生きた被害者は何の補償も無い。この戦争で負けたと云いながら儲けた兵器産業は巨万の内部留保を持ちながら、戦争被害者でも原爆被害者以外には国費からの補償も払わないのです。国民は平和憲法の下で生活できる幸福を他国に先んじて承認したのです。この平和憲法は守る事に意義があり、簡単に変更した解釈は許されない。国民が他国に宣戦した戦争は一度もないのです。

27　義務教育も新制中学まで、高校は学区制

１９４６年文部省は戦争の反省から、教育を見直し教育基本法を制定した。新制中学校の教育の義務化と無償化を定め、新制高校の学区制を開始した。やがて駅弁大学と云われた新制大学を各県単位で設置する事を決めた。過渡的処置として旧制大学と新制大学が並列して存在する事になった。先の戦争の為に作った工学系の高等専門工業学校と大学予科の扱いが問題になり、多くの軍人上がりの教官が新制大学の教授に赴任したのが再軍備への災いを残した。特に自衛隊が出来ると中に教育基本法に縛られない防衛大学校を作り上げた。それはやがて大学と同じ様に扱われる為に、現役の儘で国立大学院に入学した。それは憲法で禁止された現役軍人が大学に入学する事になり大問題が起きた。それは正に元軍人経験の教授が文部省から研究費の金で釣られ

て受け入れた。次に議論するのはレッドパージをすり抜けた軍人上がりの教授の末路の話です。レッドパージは赤狩りだけでなく軍人も対象となったが、大学は別でした。

敗戦まで義務教育は8年間、戦後は9年間となり二つの同窓会も出来たわけだ。

敗戦後は全ての国民が新憲法を学ぶ事に始まり、女性は選挙権を持った。義務教育の中で国民が等しく憲法を尊重し基本的人権が確立する事になった。

28　ＧＨＱはレッドパージで社会主義者を追放

新憲法の本来の目的は共産主義や社会主義者を追放する前に、軍国主義者を追放し、財閥を解体させる目的で再び戦争を起こさせない事が主目的でした。

しかし戦後の急激な労働者の盛り上りで、戦犯や爵位の公職追放が先にあった。国民が社会主義に傾く事を止める為の共産党の中傷と思想の統制が始まった、それがレッドパージと呼ばれるＧＨＱの指図の法律でした。多くのファッシズムの軍人教授の生残りを、逆に助ける事になり多くの禍根を残す事になった。公職から赤と見做す人を除く作業がＧＨＱ主導で始まり組合活動も阻害された。学者や労働者が昭和天皇は廃位すべきと云う動きを弾圧する口実でもあった。新憲法誕生までは明治憲法の天皇が絶対的な権力の統帥権を持つとしていた。象徴は政治に関与せずと云う条件で終生働かされ国民はある程度納得した。

その為軍国主義者の変わり身は早く、平和憲法を学ぶ振りをして軍隊の復活を狙い、兵器産業の近くの大学に航空学科を復活させる動きに出たのでした。

戦時中に戦闘機や軍艦を作った軍人は学歴に応じ地方大学工学部へ採用された。彼らは新憲法を心から学ばず、適当に読んだ訳でもなく、それを逆に利用した。日本政府は平和と民主主義の教育を見捨てたので、醜い保守教育だけが取り残された。

29　新憲法は第9条で軍隊を永久に放棄

新憲法の作成には当時としては珍しく若い日本の女性委員も参加していた。学識経験者は旧憲法の下で働いた者もいて新憲法草案は直ぐには出来なかった。外国の憲法をまず知る事から始まり、再軍備させない平和な国造りを基本にした。天皇を象徴にして残し、財閥グループを解散させる事を主軸にして起草した。期限を設けて作成された原案はGHQの監視と検査のもとで憲法草案が出来た。そして国会議員の総選挙による議員がこれを承認する事で新憲法は公布された。新制中学3年の時、憲法が公布され憲法の時間割があり先生も共に勉強した。軍国主義的な教育をしていた教師が一緒に平和憲法草案を勉強したのでした。この新憲法の思い出は我々の時代以外誰も感じられない光景と思うのです。その前文だけは繰り返して読みふけり、日本に平和な時代が来たと皆で喜んだ。第9条は国の争いを兵器による軍隊の交戦権を永久に放棄すると書かれていた。憲法を学んだ時、全ての生徒が活き活き顔で、「もう戦争はないね」と云った。国中の多くの人が「平和とはこんなに尊いもので嬉しい物だ」と実感した。もっと早く戦争を止めれば亡くならなくて済んだ多くの家族がいたからでした。戦争には何時か終戦があり、長引けば多くの人が悲しみ、苦しむだけである。

30　旧軍人が警察予備隊に参加

新憲法の落し穴は国会で多数を採れば憲法解釈が変えられる事でした。憲法改正には過半数より厳しい3分の2以上の国会議員の賛成と国民の過半数が必要でした。保守党は憲法の解釈を変えれば軍隊が出来ると策略して、警察予備隊を作った。国を守る専守防衛の為の自衛隊との理由で軍隊を鳩山一郎首相が発足させた。それは発端であり、60年かけて今のアジアでは一番強い軍隊になったのです。昔と同じ兵器産業は親方日の丸の元で予算を取りあう陸海空の防衛省になった。自衛隊の防衛大臣は防衛大学校出身で旧軍人出身と同じく職業軍人出身です。60年間に使われた金はほとんどアメリカからの武器の購入費が大半でした。その金額は日本の国内借金の大半を占める支出となり、憲法違反も甚だしい。それでも国民は日頃の宣伝で昔と同じく政府に騙されながらお金があれば良いと、戦後生れの人達の無関心さは破滅戦争の方向に突進んでいるように見える。国民の過半数が女性なのに昔の悲しみを知らずに戦争へ引きずられている。この国民性は70年間の平和は何だったのか厳しく検証しなければいけない。日本政府は集団的自衛権などと口実を作り、戦争へ進む事を目指している。60年かけて自衛隊は陸海空軍の軍隊になり、憲法違反を繰り返している。

31　警察予備隊から自衛隊への変貌

警察予備隊は昭和25年に労働運動を鎮圧する目的が口実で設置された。戦時中の治安維持法と同様に昔の特高警察が移行した警察公安員と称する者が、昔の如く多くの家庭に踏み込み労働組合運動とみなす関係資料を没収していた。特に旧制大学や高等工業学校の過激とみなされた学生を過剰に追及していた。昭和26年には岐阜高等農林の学生が突然私の下宿に飛込み宿泊して出て行った。大須メーデー事件と呼ぶ、火炎瓶闘争の始まる時で、「天皇は何を食べているか、国民は飢えとるぞ」と云う戦後の食糧デモの事ではなかろうかと後で思った。その頃、軍隊で諜報活動していた憲兵上がりの兵士が警察に応募して採用されていた。公安が追いかけていた学生の件は、高校の先輩の頼みに応じただけでした。

後で共産党員でしたと聞かされた時は、私は何か手柄を立てたような気分がした。その時残したガリ版刷りタブロイドの「赤旗」との最初の出会いがここにあった。警察予備隊はこの頃から社会の保守的な再軍備だけを守ると云う役割があった。

失業者の多い時代には家族が食べる為には意に沿わない仕事でも働いていた。兵器を持たない理由で警察予備隊と名付けたので、昭和27年5月に皇居前では、労働者や学生に正面から拳銃と催涙弾で初めて攻撃し「血のメーデー」と云われた。

32 昭和天皇を裁かず君主制を維持

ここで敗戦後に見た物の最大の事件は、極東軍事裁判で第2次世界大戦の首謀者の日本の君主を戦犯としない取引が占領軍司令官と行われた事件である。日本政府は戦争を起した責任ある首謀者を裁けるような法律を作らなかった。戦後の日本が民主化できなかった理由の一番がGHQとの取引でした。政治学者は「日本の無条件降伏に之だけは入れてくれ」と頼んだと指摘する。天皇裕仁は終戦を遅らせ、原爆投下をさせ、沖縄県民を見殺しした罪があった。昭和天皇の責任は日本国の統帥権を持ち、多くの兵士や国民を殺したからだ。更にアジア諸国の多くの罪なき国民を殺して、侵略を止めなかった大罪がある。日本の歴代首相が十年周期で談話を出した経過は理解できるが、戦後の70周年の安倍談話ではこの侵略謝罪が欠如しており侵略戦争の反省も無く残念です。戦争を始めた者は敗戦まで戦わせた責任を、きちっと取らねばならない。その当事者の地位を受け継いだ現代の責任者は象徴としての責任が継承される。原発事故で被害を受け、戦争で罹災した者への賠償に時効や受忍はない。それを許しているから憲法を無視した軍隊を平気で国家が作り、法律を強引に作る事が許されるのは民主主義とは相いれない事を最高裁の判事も知るべきである。

33　ファッシズムの軍国主義者の追求

軍国主義の最たるものは中野兵学校ですと考えるのは沖縄戦に始まる。沖縄では14歳から17歳の少年が強制されて少年兵として米兵と対戦した。子供であり兵士である少年達は沖縄玉砕の後も隠れて米兵に攻撃を仕掛けた。これは陸軍中野学校出身の将校が沖縄で米軍に抵抗するパルチザンテロを教えて、洞窟に隠れて子供の振りをして米兵に近づき攻撃する哀しい運命を背負った。親から離された子供達は日本の将校の暴力で少年は兵士の働きを強制された。その部隊の名前は「護郷隊」で自分の故郷を守ると云うごまかしの教育を受けた。日本軍隊の兵士には出来ない攻撃方法を作り、少年を爆弾に見立てた戦術です。これを指揮した将校らは生き延びて日本に帰り何処かに隠れて証拠を消した。

少年兵の生き証人が今でも報道されるのに将校達の追跡、追求はされなかった。日本軍の将校達が自衛隊創立幹部として生き残ったと伝えられるのは遺憾です。日本は今からでも軍国主義者が蓄積した財産は没収して戦争犠牲者に分配して罪を償うように時効なく調べ上げる必要がある。犯罪者に裁判所も甘く、日本は犯罪天国と云われているのは歴史観にもある。国民総受忍論を裁判官が作り出した最高裁判所も、戦災者への国の救済は受忍論で否定する国になっている。

34　朝鮮戦争では日本の基地を米軍が占用

朝鮮事変は中国と米国が後押しする南北の朝鮮半島での独立戦争でした。最初は韓国軍が強く進撃、北朝鮮が盛り返し半島の南端まで押された。すると突然に日本の基地から米空軍が出撃し北緯38度線を非武装地帯として停戦合意した。暫定国境の板門店で南北の代表が会見し協定の遵守を確認し合って何年も来た。時には境界付近でドンパチがあると互いに相手に責任を押し付けあった。多くの人が南北朝鮮に分断されて家族は会う事も出来ず平和が無いのです。日本の各地には丁度アジア全域に睨みを利かせる位置に米軍の空軍基地がある。米軍はハワイより沖縄が軍事的にアジアの重要の空軍基地と位置付けている。それればかりか日本が全額負担を今までしてきたから居心地は良いはずです。気候も温暖で住み心地も良く、島でありテロも無い基地が求められた。政府は沖縄県が苦しみを抱えて来たかを理解せずに、日本の70％の基地負担をさせている。敗戦から70年も経ち基地を返還しない時、国民は米国に恨みを抱くだけだ。県民や少年が沖縄戦争に参加協力したのは政府に強制的に徴兵されたからです。米国に何の恨みも無い国民を苦しめる米軍基地は、これ以上は要らないのです。戦争を始めたのは昭和天皇と取巻きの政府官僚と軍部が決めた事に原因がある。

35　自衛隊の憲法違反に国民を馴らす

日本人の恐ろしさは今自分が幸福なら他人がどうなってもいい人が多い。これは米軍基地、戦争罹災、震災や原発問題で人間の本質を考える問題です。国家が行えば他国との戦争になるが、日本政府は戦争に負けると惨めになるから、米国の核の下に参加して戦争被害者に謝罪しないで生き延びる道を選んできた。その為に憲法があっても戦争に巻き込まれても自国を守る専守防衛を選んだ。条約相手が一強の米国ですから集団的自衛権と云う戦争法案を考え出した。之は正に他国と戦争が許される法律になり憲法9条との整合性が無い事になる。隠していた軍事演習を、これからは大々的に米軍や外国軍との共同で戦って行ける。海外へ軍事進出できる作戦の事であり、最たる憲法違反の事後承諾事項です。憲法違反と云う人が多いから戦争をしたい総理が陣頭指揮で行けば良いのだ。戦争を知らない安倍首相でも戦災孤児の子供心が判らない事はない筈だ。何故憲法違反でないと云う口実を探して軍備拡大を進めるのか国民は解らない。憲法の前文と第9条を作った時の国民の喜びの気持ちを理解できない人物です。それをまた選んだ国民は相当自衛隊の宣伝と兵器の珍しさを感じているようだ。アジアの侵略された国では日本憲法との矛盾をどう解釈しているだろうか。

36　専守防衛の条件で自衛隊が発足

鳩山一郎内閣は国土、専守防衛の自衛隊の創立を宣言し国会も承認した。実は別の目的が潜んでいたのは朝鮮事変の時に元日本兵が朝鮮に出かけていた。名目は見学で実戦状況を見て日本軍隊の構築の参考にすると云うものらしい。北海道には戦車があり千歳基地を中心に戦車部隊が荒野を走り射撃していた。戦車に乗り荒野を振り落される事なく走るのは車より楽しく乗り心地も良い。名古屋市の栄町の真中で十字砲火をすると1台で一万平方米の瓦礫の広場が出来ると云う。火力兵器には驚くが日本の何処で使うのか分からない物が１９５０年代にあった。戦後日本軍の武器弾薬は処分されたと聞いてなかったので日本製かも知れない。例えば、春日井市には高蔵寺弾薬庫があり、高蔵寺山の地下に厳重に蓄えてある。東富士の演習地まで東名高速を使って民間トレーラーで危険な輸送を行っている。前後に警護の自衛隊ナンバーの車両を従えて夜間に弾薬運搬車は東名高速を走る。０９に始まる車両の長い弾薬車両の隊列には危なくて近付けない雰囲気に出会う。また別の車両で名古屋港へ運ばれて伊良湖岬の沖合で年度末に艦船が射撃する。これが国内専守防衛の実態であり、戦後は旧軍人が指導して米軍から与えられた艦船で海上訓練をしていた。これからは西インド洋で実戦射撃をするかもしれない。

37　旧陸軍の残党が防衛大学校を設立

専守防衛では物足りなかったが、元陸軍大学や航空学校の指導者は防衛大学校を設立して幹部候補生の養成をした。創立の時、理科系の教授は国立大学の定年教授、文系は戦術論など元軍人の教授陣を組んだが防大生の学力は不足した。体力有る軍人は育っても理論的な戦略や機械や化学の習得は出来なかった。最初は幹部自衛官が自分の卒業した国立大学に研究生として入る事にした。

１９６０年代からの防大卒の現職自衛官の待遇の儘で国立の大学院生を作る事でした。元軍人の教授達は最初学内の反対が起らぬ様に秘かに入学をさせる事で公募した。国費支給で軍人である現職自衛官が大学院に入学する事は異常な事でした。これは全学の問題となり軍人が大学にいる事すらアレルギーで組合も反対した。「貧しい防大生が国を守る為に国費で大学に学ぶ事の何処が悪いのだ」と居直る教授もいた。自衛官は給料を貰い学生も入れないアパートに入り、授業料は官費で免除された。之には学部生や大学院生が反発して組合と共に学長に抗議するまでになった。特に自衛隊院生を指導する教員は僅かな講座研究費で協力し指導を強いられた。計算機が十分に動かない時代に彼らの計算を指導する事が教授から要求された。このように防衛大学校の教授陣が少しずつ充実すると入学者は来なくなった。

38 自衛隊と戦闘火器と兵器の戦車

自衛隊のはじめの頃を知る、この項で「自衛隊」創刊号などを記録しておく。戦車がタブーの最初の時代には、その名を特車と云って戦車とは言わなかった。最初の自衛隊は機関銃も小火器と云って兵器ではないと誤魔化した時代がある。今では軍艦や戦闘機など当たり前の武器だと云うのが子供の世界にまである。馴らされるのは怖いもので、最初の戦闘機もT33ジェット機で米軍からの借り物だ。海上自衛隊は貸与されたフリゲート艦の内部公開だけでも珍しい物でした。今では中国を除けばアジアで一番の戦闘能力の兵器を持つ国になっている。そこには平和な国境の付き合いでなく兵器で対峙して戦う軍隊が存在する。今では国会議員さえ知らないところで敵前上陸の訓練を勇ましく行っている。海兵隊と云う一番過酷な戦闘をする部隊に入り訓練をして下部に教える。国民の命を守り財産を守る事も無く企業の先兵として兵器を消耗するのだ。命の取り合いが教えられ、災害に要請されると少しだけ人を救うのです。戦争の自衛隊でなく国土災害の安全維持に部隊が平和的に使われる事です。ドンパチするのは先の戦争で国民は総懺悔で騙されて卒業したはずです。平和外交をする費用には4兆円の膨大な防衛費は全く要らないからです。

39　戦車は国産、戦闘機は米国製、軍艦貸与

今まで特車と云われていたのをいつの間にか戦車と新聞でも大きく書き始めた。知らぬ間に日本の子供は兵器が自分を守るのだと考える様に仕向けられていた。フリゲート艦は米海軍から貸与されていたが、いつの間にか巡洋艦になった。新聞用語も戦後十年は決して使わなかった戦略や戦術などの兵士言葉を使い出した。自衛隊は違憲で

あるが軍隊だと主張して靖国へ合祀させる事まで考える様になった。

今は航空母艦、潜水艦、上陸用舟艇、戦闘機、偵察機、ミサイルや戦車を持つ。対戦車砲と大砲、機雷掃海艇、重戦車、ヘリコプター、オスプレイも装備した。年間4兆円余の軍事費が湯水の如く使われると企業は餌に付いた蟻と同じです。オリンピックの競技場建設など足元へも近づけない程の軍需産業の金額です。この金額は年金保険金を減らさず全国民が心配しなくてよい平和な金額になるのです。毎年であれば米国企業は何時までも日本から金を吸い上げる戦勝国になる。日本の米軍基地の返還が遅れている元凶にもなっている事態なのです。沖縄の辺野古でも、アジアの被害国も要求しなかった金額を搾り取ります。世界が平和では日本から搾取が出来ない、日米安保法で戦争に駆り立てる。日本は今後の外交で、どこの国とも仲良くして軍事費を減らす必要があるのです。

40　現役自衛官を国立大学へ入学計略

航空ショウ、艦船乗船体験などと子供には応えられない程のサービスをした。自衛隊は親方日の丸だから金に糸目はつけないで兵器を米国から買っていた。全て自分たちの税金である事も忘れて自衛隊を褒める環境がつくられた。表面上は平和部隊としながら米軍海兵隊と厳しい訓練を行い実戦方式で戦う。その為に多くの自殺者が出るが、その数を公表しないほど秘密事項です。特に昔の軍隊と同じ様に階級が一つ違うと絶対服従である事は当然です。最初は国立大学卒業生とOBを大学院に入学させて実績を作ればそれで良い。次には防衛大学校の優秀な学生をまず大学へ編入学させ、大学院まで進みます。防衛庁から給料をもらうから他の院生より生活費が違うから勉強できるのです。後期博士課程まで国費を貰い乍ら研究し将来は防衛大学校の教授になる。これが防衛庁の自衛隊員を募集する宣伝になるから厚く待遇する訳です。それには国立大学の教授の内で元軍人であった者が狙い撃ちされていた。大学院へ来た自衛官は組合活動をする組織や資料を調べ始めたから堪らない。研究室のカギを無断で開け、学内で自衛官だけの集りで情勢を報告していた。この事が大学と相容れないとして自衛官の排斥運動につながっていった。

41　東大、名大、大阪大へ自衛官を入学

名古屋大学への自衛官の入学は最初、防衛庁の技官が研修生として、一番古株の教授の実験室に迎えられた。古株の老教授は機械学会会長も務めた大物でした。自衛隊からの要請で自衛隊の技官を研究生で入学させ、学内の反応を調べていた。それから翌年に大学院と学部へ２名ずつ現役の幹部自衛官を入学させたのです。自衛官の入学には誰もが気を使って慎重に進められ研究費も少し増えたと思う。どこかの研究費が増えれば何でもやると云うのが工学系学部の教授の傾向でした。新設の講座研究費の少なかった時代の反動が航空学科研究室では多くなっていた。開発について三菱重工小牧工場は北のミサイルを撃つ迎撃ミサイルの模擬訓練が完了、実戦配備の練習段階は日本海で実機を飛ばして極秘事項とされている。川崎重工の誘導砲弾は富士山麓で連日試射が行われ、どこで使うのかと思った。これらの多くは国民の税金であり殆ど防衛には使えないので輸出を考えている。大学院で学んだ学生は幕僚長にもなり既に定年退職した者も多くいる時代の話です。その自衛官も退官して老後を過しているが、

防衛大臣の中谷は戦争も知らない。他国への侵略戦争の演習とアジアの仮想敵国との対立を続けて予算獲得を謀る。軍人が大学院へ来たのは何の為であったのかを振り返って知る必要がある。

42　米国と安保条約で半永久的に基地化

沖縄に集中した米空軍基地の存在は基地反対の沖縄人の間に温度差が出た。これは日米戦争の終戦から70年経っても解放されぬ償いきれない物になった。周囲を海に囲まれた空軍基地は良い環境であり、中国や朝鮮に睨みを利かすにはアジアの要所として軍事的価値が高く米軍は手放せない場所には違いない。日本に返還する時に空軍基地を確保しながら沖縄の本土返還に米国は同意したのです。日本の犠牲になりながらアメリカと直接交渉できぬように抑えられていた。

島民は日本へ返還が認められると戦争時代の犠牲を政府に求める事も出来た。今では日本人として行動できるから空軍基地の返還は焦眉の問題になった。

米軍は日本に基地費用を負担させ、基地返還は安保条約を楯に同意しなかった。それでも島民は多くの犠牲を払いながら危険な夜間飛行を止めさせる運動もした。一部をグアム島へ移動したが、嘉手納、普天間基地はそのまま残されたのです。豊かな農地は占領され、日本への復帰から土地代は払われたが僅かな物でした。日本のある大臣は「沖縄は金が欲しいから返還を求めるのだ」と云う始末です。沖縄人の感情など理解しない議員も出る始末になっては沖縄県人も怒ります。沖縄では最近の国政選挙で与党側が全滅さえ起きて、その怒りを示しました。

43 受け容れ歓迎は元軍人の古老教授

旧帝国大学は敗戦時には、そのまま復員軍人等を教授に迎えて授業が行われていた。学生募集はほとんどされなかった。教官達も食料を求めて田舎に疎開していた。やがて新制大学が開始されると旧帝大の学生は並行して授業を受ける事になる。新制大学になると教官が戦死して、帰還しないので当然教官が不足する様になった。

軍事教育を受けた教官が工学部の多くの部署に軍人上がりの教授を採用した。元来、高専と工学部はその地区の軍需産業を相手に開設されたのが出発点です。名古屋大学工学部航空科は三菱航空機と川崎航空機を睨んで戦争中（1940年）に創設され、敗戦後に航空学科は廃止されたので応用物理学科となり機械学科や応用化学科に分けて教官は細々と旧帝国大学内で維持された。復活を目指す航空学科は廃止、戦時中の風洞の設備が少し残っていた。建屋も三菱等の寄付があり東大の風洞の寄贈を受け航空学科が戦後公認されて再開したのは敗戦10年以上後でした。戦後の航空学科の1回生は三菱や川崎に就職したが、今は定年退職している。最初の自衛官は博士課程修了して防衛大学校の教授になり何を教えたであろう。優秀な論文を発表する時には、歓迎される学会もあるが、無い学会もあった。最初、航空宇宙学会では自衛官の元研究科の教員と連名で発表して学会の反応をみた。

44　沖縄を復帰させて基地費用を負担

米国のアジアの軍事的拠点として、無条件降伏させた同盟国は使い易い訳だ。日本には他国と違って技術力も人的資源もあり、軍事基地維持に国費が使える。朝鮮と中国とベトナムや台湾への軍事の要の空軍基地として絶好な場所です。

気候もハワイと同じく温暖だし、沖縄の75％以上を訓練基地としても使える。日本は、本当に守ってくれるか判らぬ米国軍隊に後ろ盾として守られている。自衛隊員は米国海兵隊と合同訓練も行われて、敵前上陸作戦も行われている。航空基地は70年間、固定化され、土地は取上げ地主は政府から地代をもらう。農民は、今では自分の土地が返還されるのは何時の事かわからない状態です。この危険な米軍基地に代わる国内の基地を何処の県も受け入れようともしない。戦争とは、こんなにも結果が哀しい物である事に日本政府は責任を採らない。大戦で多くの死者を出した沖縄に日本政府は危険な米軍基地を押し付けた。昔、薩摩藩が琉球王国を占領してから中国との関係で日本化された沖縄です。日本の犠牲になりながら多くの仲間を失っても日本に同化した歴史がある。基地からの解放を目指し、少なくとも免税県の待遇をする事を考えよう。本州や九州からの旅行客も、外国からの旅行者も格段と増える事だろう。

45　東大出身元軍人教授は自衛官を歓迎

第二次世界大戦中に帝国大学を卒業した幹部将校の教授は大学へ再就職した。戦後はその能力で地方大学の教授に任官し新設大学工学部の学科を受け持った。特に戦後禁じられていた工学部航空学科は戦後10年余りで復活したのです。東大の糸川教授は戦争に関与の反省も無く新学科では小ロケットを復活させた。大学の教育と研究は戦争に関係ないとミサイルやドローン、ロケットを研究して、企業の社員を大学内に常駐させ兵器模型を持ち込み実験させる事にした。

自衛隊基地見学に職員を招待して大学内を制服自衛官が闊歩した事もあった。工学部の若い教授は戦争の反省も無く、軍学共同研究を兵器企業と盛んに行い始めた。此等の教授は新憲法を守らずに如何にして憲法に障りなく研究するかを考えた。旧制大学卒の教授はほとんど明治憲法に従って軍事教育された教育者でした。戦争中に軍隊に協力した工学部の教官は如何に戦前の様にするかを考えた。学ぶ学生は新憲法によって教育されて、社会的には学生の方が革新的でした。

多くの旧軍人の教官が戦後に高専や高校の先生として採用された事から、各地の学校で学生に対する体罰が盛んに行われた。そして事件も発生したのでした。そんな大学では自衛官の入学を歓迎したが、文系学部では反対が多くあった。

46　防大卒自衛官学生は大学で情報集め

新設された防衛大学校の学生の指導には、防衛大学校の教授陣は定年退官した教授と昔の軍人教官が教壇に立つと云う形であり、文部省の管轄から離れていたのです。しかし、先に述べた国立大学へ受験して入学してきた自衛官は現役のままでした。憲法違反の軍隊の軍人学生は防諜活動も仕事の一部として一般的に考えられた。防衛庁は国立大学卒業生の自衛官を対象に現役の儘で幹部隊員の教育と云う待遇をして準公務員でありながら、大学院に進学させて給料を払う事にした。募集に応じた幹部候補士官を対象に適用して現在の国立大学の反応を見極めた。結果はうまく行き教授も戦争経験がありスムーズに入学させて研究補助者にした。防衛庁は充分な計算機も無い時代に防衛大学校を他の国立大学並に引き上げようとした。特に軍学研究反対の強い大学は避けて、戦闘機などに抵抗のない航空学科は容易に受け入れた。

自衛官を受け入れた研究室の職員は余分の仕事が増えて堪ったものではなくなった。自衛官は公務員で、同じ留学の待遇を受けない研究者にとっては迷惑な存在であった。

職員より年齢の高い名古屋大学卒業の自衛官には、対応の仕方が難しかった。これが防衛庁の大学への狙いだったように感じたが、私情では割り切れなかった。そして名古屋大学の教職員組合の平和運動などは全て記録されマークされていった。

47　現役自衛官は組合の諜報活動も仕事

大学院生は多くの場合に職員組合と一緒に平和運動や反戦運動をしていた。その中に反戦運動の相手の自衛隊員を存在させて学生が運動するのは、難しい訳でした。学生自治会と組合運動の抑止力として学内の様子を自衛官は防衛大学校へ報告した。

その状態で組合活動は彼らの防諜活動に対処の仕方が全学的な大問題になった。一連の組合関係の配布物の資料を彼らが持っているのはおかしいと議論された。航空や機械学科など工学系では彼らが学生になる事は教室で認めて居るから良い。昔、戦争中も陸軍大学の軍人が東京大学へ来て勉強していたと言う事もあった。軍学共同研究は企業との受託研究で、多くのお金が来るという事が魅力的でした。大学の企業からの受託研究は、名大では産学共同研究所と云う機構の篩を通していたのです。自衛隊の飛行機で出張すると云う形は学内で体験飛行という事で黙認されていた。それで職員組合の団結力は弱まり反対運動が下火になり、安保条約が通る事になる。その結果、自衛官が堂々と制服で大学内を歩き外堀を埋められた様な時があった。之に自衛官の居ない他学部や学生が騒ぎ全学的なボイコットの反対運動が起きた。大学の教授連は三菱や川崎の企業に学会への協力を求め産学共同の事業を始めた。名大航空学科の再建には中部の大企業から寄付金を貰い、戦前と同じ形に中部地方で位置づけられた。

48　教職員組合は現役自衛官の在学に反対

自衛官は軍人であり戦車や戦闘機に乗り、艦船で外国に出る事も証明された。当時は自衛隊員、特車、特車砲、T33ジェット機、フリゲート艦といったものです。

今では陸海空軍、戦車、戦闘機、大砲、ミサイル、航空母艦を使うようになった。新聞やNHKも、この言語を安易に使い、戦争映画を流すテレビ画面もある。戦後生れのアナウンサーは日本国憲法を学んだのかと思うほど戦争アレルギーが無い。毎日外国での戦争の報道をしていると、如何に日本が平和かを学べるはずです。戦争経験者の平均年齢が80歳、日本もよくぞここまで平和にきたかと感謝します。

名古屋大学では全学集会が起り、産学までは良いが軍学の研究は反対となった。そして学内から自衛官が居なくなるまで10年以上も掛かり、平和憲章を作った。私は軍学反対だけでなく、先の戦争で兄姉を亡くしていたからこそ強く感じた。元軍人で戦後の航空学科を復活させた教授達とはそれ以後意見が合わなかった。教授は弟子と見なさず、私は厄介者として次期の教授からも干された冷遇をされた。院生は勿論、研究者として接してくれて、退職後も多くの学生が家を訪ねてきた。韓国やマレーシア、中国、米国、豪州の留学生・研究者も討論に訪ねて来ました。教授になれない研究者先生として、私の論文を引用してくれる学生が居ました。

49　自衛官が排除されたが熊大は継続

最初は自衛隊の技官と称する者が一名研究生として老教授の研究室へ入った。彼は航空学科の諸行事に積極的に参加して、教官に平身低頭する先遣隊員でした。翌年は工学部に現役で自衛隊員が身分を隠して入学し、大学院生も複数入学した。最初の院生は防大出身では無く、国立大学卒業の自衛隊の幹部で驚いて対応した。最初に現役軍人が入学したのは名大卒の一尉と、九州大卒の二尉の2名でした。彼等はすでに既婚者であり、最初の自衛官の入学には相当警戒されると考えていたと述べていた。

1965年には安保反対運動も下火で、防大出身学生は学部から大学院に入った。教職員も反対する根拠を失っていた訳ではなく、全国のどの大学でも軍学研究に反対するうねりが全国的に始まったが、一度許した事には歯止めが利かない。最後まで防大生を受け入れたのは熊本大学だけになり、そこの教授会の意向でした。反対理由は自衛隊が憲法違反の疑いもなく「本当に戦う軍隊である」事が大きな理由でした。そして海上自衛隊はイラクの戦争に参加し、機雷撤去に参加し憲法違反を犯した。そのような軍人自衛官の学生を抵抗なく受け入れたのは元軍人の教授達でした。少額の研究費をもらう教授には自衛隊からの贈り物や歓待は嬉しかったらしい。航空と機械学科などに自衛官はいたがノーベル賞の赤崎教授の所には居なかった。

50　教授は自衛官との交流を促進

もし研究室に現役自衛官が居たらノーベル賞を辞退したかもしれない。自衛隊から大学教官へのおもてなしや便宜はいろいろの形で現れた。まず守山基地からヘリコプターに乗せて名古屋市上空を体験飛行と称して遊覧飛行を行った。その曲芸飛行に近い大回転には初めての経験者もいて大変な騒ぎになった。次はＣ１３０輸送機に乗せて小牧基地から小松基地まで飛んで宿泊して帰る。北海道の機械学会に阪大と名大の会員がＣ１３０輸送機で千歳まで搭乗して、千歳基地ではサービスとして戦車にも乗った。３日間の学会が終わると再び小牧まで体験の搭乗をした。これは公務員としてあるまじき姿でした。この時の教官旅費はどうなったのか。別の教官は自衛隊からドラム缶１本をエンジンテスト名目で寄贈され使われた。そのハイオクのガソリンの匂いを嗅ぎつけた教授は自分の車に使ってテストしていた。戦争を知らない大学の事務官は拒否も出来ず自衛官の入学は当然と受け容れた。昭和40年代には戦争を知らない世代が防衛大学校を卒業して大学院へ来た。教授は「貧しい為に防衛大学校へ行き、勉強に大学院へ来た自衛官」という。「しかし現役のままで来るのは兵士としての義務がある筈ですが」と尋ねると、「大学で情報を集める者も居るから組合などは気を付けろ」と逆に忠告された。

51 戦争しない自衛官の入学を容認

戦前に戦争の飛行機や艦船を作った技術将校上がりの教授は受け入れは当然とした。自分達の若かりし時を思わせる様な自衛官に同情して世話を焼いていたのが居た。自衛官を受け容れたのは政府の要請もあり、東大や名大、阪大、九大から始まり、熊本大学工学部入学まで、全国へ広がりを見せた。それは良い事だと云う人と、その反面、大学に複数入った自衛官は互いに連絡して組合の諜報活動を始めた。今週はデモがあるから学生と共に参加してどんな規模かを報告せよ、何人何処の学部の組合員が参加したか、それを克明に調べて管轄の公安当局に報告していた。目的の教授の部屋へ入る為に隣室の鍵を使用したが、本当の鍵でなくて入室に失敗した。

翌日、教授が自分の部屋に鍵が挿した状態を発見して泥棒が来たと騒いでいた。その時、研究室では組合関係の資料が無くなり、盗まれる事が知られていた。その為多くの他学部の教職員から全学的に自衛官の入学反対を唱え始めた。初めは学科のリクリエーションに研修生の先遣の自衛隊員の技官も参加していた。定期的に防衛庁へ報告する担当自衛官は院生を集めて諜報活動をしていた。その証拠には会合した院生が組合の情報を一般の組合員より早く知っていたのでした。それらは組合幹部の研究室の部屋が荒らされ、物色された時に始まっていた。

52　自治体が平和運動の会場を拒否

日本の社会が自衛隊と米軍の戦闘行為では段々と戦前の侵略戦争時代に帰りつつあるのが、誰にも判るようになったと東京新聞でも述べている。私もその通りだと相槌を打ちながら読みます。戦争好きな人もいるが多くは株持ちの人です。之だけ税金を兵器に使われると、会社の株を持ち取り返そうとするのかもしれない。だんだん米国式の経済侵略の形を作ろうとする政府の在り方が歴然としてきた。地方自治体は自衛隊発足以来隊員の募集を引き受けたが、今の青年は行かない。政府は最後には徴兵制度を敷こうとしているが憲法の関わりで徴兵は無理です。憲法を変えて行うのは抵抗があるからなし崩しに解釈の変更による法改正です。今では日本中の役場や市役所には自衛官募集のポスターが貼りだしてある。昔は其処に「少年航空兵よ　集まれ」「予科練生に応募しよう」と書かれていた。そのうちに徴兵制度が始まると自衛隊募集のポスターは無くなるのであろう。今の時代に地方自治体が政府の差し金で平和運動をする団体に会場を貸さない。之は役所が戦前の様にお上の言いなりになるのは金の問題であろうかと考える。それとも自衛隊の様にじわじわと死の商人によって締め付けているのか。自衛隊の間違った歴史観で教育され、何処まで日本人の命を守れるのかである。

53　海外派兵を狙う兵器産業が法案を後押し

防衛省は国内では消耗できない武器弾薬を持ち、予算も4兆円をはるかに超えた。今では消耗する所が伊勢湾沖や東富士だけで追いつかず弾薬が余っています。金を儲ける兵器企業にとってはどんな手段でも、物を消費してくれと思うのです。ましてや前年を下回る様な予算しか防衛費に付かないと企業ヤクザは狂うのです。企業は自由民主党に献金を沢山する事で防衛庁予算を獲得する事になります。防衛庁長官が首相になると、昔の軍隊と同じく予算獲得と戦争を考える様になる。航空機はアメリカから、ミサイルは三菱重工、艦船は川崎重工からと同じ道を通る。日本は平和憲法があるから海外へ行く為に、米国と集団的自衛権の同盟を結びました。国際法は二国間の条約は自国の憲法の制約の上に置く事になっているとされる。従って米国が戦争を起せばそれに積極的に参加する事になるから危ない。イラク戦争の時はペルシャ湾の掃海を受け持ち、それは自国の船の為とした。事実はアメリカ軍の艦船への給油であり、米軍車両の通る道を舗装したのです。退職隊員が自殺したのを防衛庁は公表していないが、2000人以上と云う。自衛隊の中では昔の天皇制軍隊と同じ海軍旗があり、似た様な階級制度がある。そこには民主主義など有る訳がないから隊内での自殺者は毎年100人以上も出ると云われている。

54　三菱重工、川崎重工等は兵器産業

現在では会社の名前で何が生産されて居るかはネットで解る時代です。それが75年前には国を挙げての戦争に巻き込まれた兵器の生産工場でした。東海地方では春日井工廠、鷹来工廠、豊川工廠、三菱大江工場、矢田工場、各務原工場等は今では王子製紙工場、名城大学農場、日本車両、三菱航空機、三菱電機、川崎航空機等に変身し、戦時中に徴用した土地は大企業へ売られた。戦争で、これらの工場はほとんど爆撃で壊され多くの若い学生等の死者が出た。私の姉も豊川工廠へ徴兵されて軍属として20歳で敗戦の年の8月7日に亡くなった。敗戦の降伏受諾が、無条件降伏の10日早ければ姉も亡くなる事は無かった訳です。その時、天皇は何を考えていたかと悔やまれるが、歴史はこれを許さない。統帥権を持つ天皇が絶対的支配者の時代であった事が不幸でした。明治憲法に縛られて敗戦後も日本中が国民総懺悔させられた屈辱的時代でした。標記の企業は国から安い金利で金と土地を与えられ、朝鮮事変に参加した。企業は戦争や事変で儲ける事を止めず、再び戦争で儲けたのでした。企業の名前だけで

自衛隊の何を作り、儲けているかが判るほどになった。先述の3社は航空機・ヘリコプターと船舶、ミサイルと大砲、戦車等です。政府が戦争を始めない限り国民は戦争を始める事は絶対ないのです。

55　平和運動と原水爆禁止運動の国際連帯

本格的な平和運動は労働争議の後で、ビキニ環礁の水爆実験で焼津の福竜丸が被爆して久保山愛吉が亡くなった時から原爆反対の署名活動が全国で始まった。1953年3月1日の被爆日を記念して墓前祭が毎年行われ学生として参加した。今回の福島原発事故は4回目の被爆だと考えるのが正しいと思われる。これから全国で原水爆禁止運動が始まり、広島・長崎の被爆者の救援が始まった。しかし日本政府は企業には金を出すが被爆者には何もしなかった。運動が高まると、原爆被害者には手帳を渡して援護したが、戦争罹災者には受忍論を楯に裁判所まで同調して国民は踏んだり蹴ったりで戦災者救援をすると国家が立ち行かないと云った。国民に戦争責任がある如く裁判官も受忍論を当然として仮設住宅など無かった。誰もがそう考えて国民は企業の搾取に再び会う事になった。宮内庁や皇族の所有する土地財産はもともと国民の物であり処分してでも戦災者を救済すべきでした。

この例からも、元凶の宮内庁が戦後も大きな顔をして残ったのは驚く事でした。再び戦争の悲劇を作らないと考え、武器で国民の命を守ると云うのは嘘であります。自衛隊員の武器と戦争で死者が出るのは明らかなのに戦争同盟を結ぶ政府です。平和運動は民主主義運動でもあるから、国際連帯が出来る事が一番良いのです。

56　憲法擁護と沖縄基地の反対運動

平和運動の先に米軍が70年にわたって日本を占領している基地問題がある。これは昭和天皇が独断で沖縄を米軍基地にしても良いと約束した時に始まる。そして全国に米軍基地をくまなく配置して戦争が無くなっても、日本をハワイと同じ様に占領し続けているわけです。未だアジアの他の国を虎視眈々と狙う為に日本の沖縄軍用基地は返す事が今世紀にはないかもしれないのです。

日本人はバカではないから次の選挙では基地を取返す運動が高まり闘ぎ合うだろう。

今日の憲法は確かに70年前に終った戦争を再発させない為のもので有るから武器を捨てさせたが、米国は日本の軍国主義を完全に潰したわけでなく利用したかった。自衛隊の中に残された軍国主義の精神は生き返り憲法を変えようとしている。この勢力との戦いが憲法を守り平和を守る運動である事は確かな事です。自衛隊陸海空軍は違憲であるが慣れる為に色々の行事を国の金で招待し誤魔化しています。航空ショー、富士裾野で戦車が砲撃するのを花火大会と同様に見物させている、駆逐艦に子供らを乗せて喜ばせる事は、憲法違反の声さえ消せると考えている。政府は基地騒音も補償金目当てだと石原議員が述べて、これが当たり前としていた。戦争を知らない会社員は景気さえよければ良いではないかと云う有様です。

57　安倍政権を違憲軍人ヤクザが嚇す

防衛大臣は自衛隊出身者で70年前の陸軍大臣の戦犯東條英機と同じです。武器を携えた兵士は文民統制から離れた時、ヤクザと同じ行動を起します。苦い戦争経験者は安倍政治に壊されていますが、国民が治せる段階の筈です。この苦い経験を次の選挙で国民の意思をはっきりと突きつけましょう。政治家は背中から軍国主義者に銃を突きつけられると言いなりになる。70年も平和に過ごして来たのを企業の都合で変更されては堪りません。先の太平洋戦争で私は兄と姉が戦死させられたのを忘れる事は出来ません。その元凶は昭和天皇の君主独裁制にあった事も付け加えておきます。その戦犯を裁く国内法さえ戦後に作らせなかった天皇制が大きな原因です。何百万人を殺したアウシュビッツのガス室と同様に特攻隊員は殺されました。人災による戦争は終戦後も追及されなければならないが多くは葬られました。今の政治家も同じ轍を踏んで国民の方を向いていないのです。特に今の政権の狂った戦争法案への執着は何でしょうか、脅されているのかも。今まで自衛隊に勤務した人が何百万人にもなれば空気は変わるでしょうか。軍需産業や大企業に雇われたヤクザが政治屋を拳銃で脅していると考えても不思議でありません。

58 戦争犠牲者と遺族が減ると憲法を変える

確かに何百万人の犠牲者が出た戦争も年が経てば遺族が亡くなり風化して来ます。

今年は遺族や経験者や被害者が平均して80歳を超えましたので参加者も少なくなった。靖国神社も今年の例祭には腰の曲った老人が目立ち子供の遺族も少なくなりました。大臣達の戦争を知らない人が格好つけて参拝するのを見ると厭な気分になる。何の為に戦ったかを知らない人が政治的な興味本位で参拝して欲しくないのです。

私は靖国神社に自分の戦死した兄弟が居るとは考えないので行きません。80歳の後半になると身に染みて軍国主義を叩きこまれた人達の神社であります。それは国を守ると云う口実で大企業を儲けさせて支え、国益を守るという口実の戦死でした。

その国益とは日本人の為の戦争と云う手段で企業利益の追求をしただけです。若い学生を動員して爆撃で殺して何が国益であり、総懺悔を求めたのでしょうか。憲法第9条は変える事は出来ませんが、勝手な政府解釈を許す事も絶対に許せません。

憲法の中ぎりぎりと云いながら解釈で憲法違反が出来る事が怖いのです。法律が出来る前に米軍と実戦形式の上陸作戦を行う自衛隊は何を目指しているのか。朝鮮にでも上陸して侵略を考えているのかと云いたいような様子です。国民1人当り4万円の税金の無駄使いは、オリンピック会場建設費の比ではない。

59 「平和憲法の第9条守れ」が全国的運動

安倍政権になってから自衛隊の制服組が、米軍と合同演習をするようになった。西海岸のカリフォルニアの演習では敵前上陸演習に国民の税金を使って参加した。国会議員の誰も知らない秘密で、共産党の議員が資料を入手するまで不明でした。海外での紛争に軍隊を使う事を禁じた憲法第9条に違反する事を許している。最高裁も黙ってこれを傍観しているという事は法の番犬とは言えないのです。政府に参考意見さえ云わない最高裁判官が日本には存在するとみられているのです。憲法の番犬なら少しは吠えてもいいのではと思うが給料が高すぎるからかもしれない。憲法を曲げて解釈し政府が戦争法案を作る時は国民が真剣に考えてほしいのです。国民の声が大きくなれば事情が変わるかもしれないが、まだ静かに見るだけだ。国民は馬鹿ではないから最高裁判官を変える事ができる時は近々にあるだろう。戦争好きな議員は戦争時代に甘い汁を飲んだ軍人か財閥の子孫であろうと思う。戦争がどれほど震災より厳しい物であったかを知る沖縄人を参考にして欲しい。そして平和憲法がどう作られようと70

年間戦争をしないのが何よりの証拠です。これを大切に守る事が必要で外堀を埋めさせない様に国民の理解を進める事です。平和憲法を守る運動は総選挙で自民党を少数派にしないと収まらなくなってきました。

60　沖縄の辺野古基地建設の阻止運動

ここ沖縄基地は明治に日本の薩摩が統治下に置いた琉球王国でした。武力で日本へ統合させた徳川から受け継ぎ新政府は中国や台湾への基地にした。平和な沖縄住民は強大な日本の武力に対抗できず沖縄王朝は崩壊した。アジアへの侵略を考えていた日本国は沖縄基地から東南アジアへ進出した。その為に米国との戦いで米軍が一番先に占領した基地の島になって行ったのです。そして1945年4月からの沖縄戦争で歴史に残る日本兵士による殺略が起きたのです。

日本軍は島民を楯に立てこもり、自然に出来たガマで島民の婦女、子供さえ殺した。その数は広島の原爆に匹敵するほどの多数で、戦後に何の戦災補償も無かった。今70年過ぎても沖縄県の75％を米軍が自由な使用権を持つ基地である。それは昭和天皇がマッカーサ米軍司令官との使用密約が決め手になっている。今沖縄では長年の屈辱から立ち上がったのであり、政府のゴリ押しを止めたい。沖縄県内の辺野古への移転計画も基地を無くする事には繋がらないのです。これからも厳しい戦いがあり歴史的にも占領され冷遇された沖縄の問題である。沖縄県民の心は先の選挙で自民党が惨敗した事でも証明されている。今の県知事が何処まで頑張れるかは県民だけでなく日本中の世論の力が必要であろう。

61　憲法違反の海外派兵の法律

日本の国会の内と外では安保法案阻止の運動が連日大きくなっているが、国民は、8月30日には国会周りに集まった12万人はここ50年余り見なかった数です。さらに日本全国で同時に抗議集会が開かれたのはネットの発達によるものです。この数はこれからも増えて行くであろうが、右翼にも気を付けないといけない。彼らは金目になる物なら詐欺であろうと人を痛める事を平気で請け負うのです。極端な事は無人機爆撃で婦女子・子供の区別なく殺す事が出来る集団です。究極のゲーム感覚で人を殺した者は自責の念が大きく、精神異常者になっている。米軍は朝鮮戦争から、ベトナム戦争を経て、中東諸国で権益の為に戦わされる。精神病になる様な野蛮な殺人をした者は、人の命を尊いと思う前に殺している。NHKなどの放映したコンバットの兵士の姿を美しいとは考えられないはずです。戦争法案は60年安保条約の改悪であり、戦争への参加と位置付けられる。特にどのような形でも米軍と共に海外戦争に出したがる自衛隊大臣を止める事です。憲法学者の大半が反対し、法制局長官経験者も反対、沖縄の米軍基地も反対です。自民党が狂ってきたのは安倍以外に誰も首相になれない体質が出来上がったからです。戦争を経験した老人達は若者と共に戦争終焉を求め、平和を願って声を上げている。

62　軍需産業は海外派兵、武器輸出

軍備が整うと防衛費はいらなくなるが、仮想敵国との演習戦で消耗するのです。北朝鮮の脅威をあおり、ミサイルや航空機などに金をかける事になる。大企業は予算を獲得する事に全力を上げて、儲け金額の獲得を目標にする。予算が使われるのは政府

の仕事だと割り切って兵器を生産するのです。また海外の軍需産業にも資金を出してクラスター爆弾製造会社に日本の銀行では三菱ＵＦＪ、三井住友、みずほ銀行の３社が関わっているのも明白。これは金の入る事なら、どこの国でも、誰であろうと見境も無く集金する事。兵器産業には目が無く死者の上に金庫を置いて骨までしゃぶる習性がある。収賄と汚職の世界が政治家を狂わせているから兵器産業が肥えるのです。それ先の戦争で多くの人を只で働かせた上、儲けは懐に入れた悪代官の財閥がいた。それは戦後の戦争ブームで肥り、その儲け口を兵器産業に求めたのです。柳の下には鰌が居るという事を知り尽くした死の商人達が黙ってはいない。自衛隊の巨大な予算には多くの日本企業が機関銃等の兵器を生産して供用した。之からは危険な戦う自衛官になる人が少なくなると徴兵制度を持ち出す構えだ。米国との戦争の反省も無く権益でアジアの国々を見据える米軍と同じ目線です。

63　国民の憲法を守る行動が問われている

憲法が出来た前後には米よこせ運動が東京で起こり「国民が芋を食べているとき、

天皇は何を食べているのか」と云う国民の食料デモまで始まっていた。宮内庁はこれを阻止する為に皇居警備の警察を総動員したと聞いた。1945年から47年までは日本中が飢餓の社会で多くの飢死者が出たのです。配給米だけで生活していた裁判官が餓死した事件が報道された。その壮絶な死を誰もの怒りになったと考える事は新聞で報道された。財界や高官は戦後に食糧を沢山自宅に隠匿したが取り締まりは無かった。不平等は今の議員の年間収入がいかに多くを得ているかを示す例がある。今や国民は憲法を勉強し、高学歴の時代になったから騙されなくなった。詐欺で金を盗られるのは老人であり、老後を生きる為の貯金です。今の政府はこの事に対してほとんど対策に関心を持たない議員が多いのだ。60年安保条約に反対運動をした若者は70歳を超えている老人ですが元気だ。戦い方も違うが、国会前の抗議やデモ行進の仕方もスマートで年齢幅が広がった。反対する年齢に幅が出て来たから心強い事ですが決め手は平和憲法です。戦争の悲劇は語られず、憲法改正や戦争参加を公言する自民党と公明党が居直ります。

64　天皇制の日本軍旗は戦争に加担

この軍旗を見ると気分が嫌悪に成るほどだが、知らない若者は旗振りをする。日本の国旗が侵略のシンボルだった時代の人間だから決して旗振りはしない。「君が代」を1945年8月15日以後父母も私も一度も歌った事は無い。皆が集まり歌う時は「君が罪は……」と歌って周りを困らせた事もあります。歌は気持ちが楽しく快いのでなくてはならないが、君が代には悪夢と反吐が出る。「君が代の嫌いな者は国から出て行け」と云う元軍人の教諭は気が狂ったように暴力を振るうようになり、生徒を殴りつけた結果、一人寂しく自殺しはてた。戦争は昔の軍人精神と新しい憲法とに挟まれた精神異常の障害者を生産した。軍国主義と平和主義とは同化出来ない物であり、若者の精神さえ蝕んできたのです。天皇制を残すのを降伏の条件とした者達は、天皇の威光を利用する心算があった。そして戦後まもなく皇室典範なる物を復活、罪を追求されないように保護した。その免罪符への根跡が今の皇族の中に垣間見えるのですと云う侍従人がいる。天皇日記なる物を誰がどう書き上げたのか内容は歴史的に解明されるだろう。その日記には、先の戦争責任者として他国へ侵略の謝罪は書かれていない。日誌に書けないとみられるが、謝罪方法が判らなかったからではなかろうか。

65　戦争孤児は「さざれ石」か

敗戦の宣言が放送されると、焼野原で生活する東京都民は皇居前で土下座した。新聞はその光景を写して自分達の努力が及ばない為と国民の総懺悔を薦めた。この時ほど腸が煮えるほど怒れる言葉は無かったと、多くの人はその新聞を破り捨てた。国民が戦争を始めたり、求めた事はなく、天皇と軍部が始めた事は明らかです。戦争に負けると掌を反す様に戦争責任を国民に押し付ける天皇が居たのです。戦争には徴兵され、何の恨みも無い国の人を殺せと命令した者は裁かれます。君が世は細かい石が集まって大きな天皇を作り上げた歌と教えられた。それなら大きな石は小さい石を踏みつぶしてもいいのかと反論したくなる。前の明治憲法では天皇を絶対的君主と崇める為に統師権なる物も与えたのです。統師権者は敗戦に自決して国民に謝るのが正しいが、謝罪も聞いた事が無かった。その子も国民に何を謝ったのか自国民にも謝れない人が他国に謝るはずもない。新憲法はそれを見越して作ったなら、自衛隊が海外へ行ける道理はないのです。戦争孤児を何処の国にも作らずに参加しない、新しい兵器を欲しがらない。新型の戦闘機が出来るとパイロット達は、直ぐに乗りたい習性はいつの時代も変わらない。制服組は北朝鮮がミサイルで攻撃してくると決めつけ対抗して集団的自衛権を考えた。

66　昭和天皇は未決超A級の戦犯か

仮に昭和天皇は統帥権を持った君主でも、最高責任者で無いと擁護しても、戦争責任は何処でも裁かれていない。この裁判は最高裁判所が定める戦争責任の国民による審判裁判のはずで、法律が出来ないのは内閣府が故意にサボっているからです。何処の国でも戦争が負けた時は最高責任者がどんな形にせよ罪を負うのです。戦後のどさくさで米軍が日本の使い方を考え天皇制を存続させたのも事実です。日本の法律には戦争犯罪人を裁く部分が欠けているから、戦犯の多くが罪をのがれた。そして都合よく自衛隊の創立で、再び軍人が息を吹き返したのも事実です。彼等は自衛隊出身者で議員になったり会社へ復活したり教授になっていた。死者を鞭打つのではなく事実軍人上がりの教官が高校や大学で教員になった。兵隊あがりの教官は生徒を新兵の様に当り前として叩き、殴ったのです。天皇が統帥権を持った事が、日本人を不幸にしたと世界が認めている事実です。再びそれを引き出そうとする防衛省は、日本の将来をどう考えているのでしょう。日本の皇族につながる全ての人を洗い直して焙り出してゆく事も必要です。これは暴力でもなく歴史認識の一つとして検証しとらえる事が必要です。昭和天皇をラスト・エンペラーとする革命を逃すほど洗脳されていたのです。

67　日本の進む方向は国民が決める

当然それは日本人が決める事であり皇族は決して触れてはならない事です。今のシステムでは金と宣伝で国民の耳を封じて再軍備したのですから止めない。景気が良くなれば他の国の事など知らぬふりをして儲けに走る体質があります。国民が70年かけてやっと民主主義の入口に到達したと見えるようだ。政府は国民を愚弄して、国外で想定した上陸訓練を米国西海岸で行っている。そこには人民を守る事は全く無く企業の武器消耗作戦の一部に組み込まれている。巨大な米国軍に抑えつけられた日本は100年経っても同じ構図でいるだろう。人間は全員バカではないから、自らの力で正しい方向を見つける事になる。まずこの次の選挙で政権にノーを突きつけるかがインターネットの力です。これは昔の「ペンは剣より強い」が、「ネットは銃より強い」で戦うのです。日本は素晴らしい平和な国で、その世の中を続けて作る事は共通の喜びになる筈です。18歳の若者も歌と踊りに明け暮れて平和ですから出来る事が解る筈です。幅広い国民連合体を作り日本の将来について議論をする事が求められる。その叩き台になるのは平和憲法の前文で有る事は間違いないと誰もが考える。国民は今までの様に目先だけの選挙をしないで真剣に日本の将来を見つめる事です。

68　無節操な議員を選ぶのは自殺行為

目先の金で選挙権を無駄に投票した者は後から後悔するだろう。日本人は戦争に負けた時、自分達の努力が足りなかったと天皇に総懺悔をした。70年後の次の選挙から参政権は18歳に引き下げられ、大人として扱われる年齢とした。昔は義務教育が終わると13歳で大人の扱いでしたから、今より5歳も低かった。そして選挙権は税金を年5円以上納めた高所得の男性に与えられていた。

今は義務教育が15歳までになり、多数が18歳の高校まで行くようになった。これからは参政権のある大人として扱われるから責任も重くなるのです。でも議員に立候補できる年齢は今まで通りの年齢である事が報道された。年齢が高くても無能で民主主義も判らない金持ち世襲議員が多くなるのも困る。今の国会は戦争の悲しみを知らない侵略を是認する議員によって支配されている。ナチス的国会がいつまで続くかで沖縄は独立戦争をする事になりかねない。一強の世界戦略は限界に来ており、原爆時代には平和な国連を盛り立てる事。これから平和でありたいと考え、米国も銃規制に賛成する平和な国にするべきだ。明治の廃刀令で刀が許可なく持てなくなったが、ヤクザはやはり刀を持っていた。日本の暴力団員も銃を隠し持っているのは、銃の危険なアメリカ市民並みです。

69　半数以上が女性なら歴史は変わる

日本の人口の半分以上は女性であり、女性の生き延びる年齢の確率から過半数です。原始の頃から女性は平和を愛する性格を持っているが、金の為には脆いようです。

国会議員も男性が多いのは金と脅しが半分以上を占めている。女性議員が少ない上に、権力側に立つとどんな悪法にも賛成する道具です。若し女性が平和を愛する議員に投票するなら日本は平和な国になると考えます。社民党の「駄目なものは駄目」と叫んだ女性議員は衆議院議長にまでなった。日本の女性は外国へどんどんと進出しているのが、色々な報道で見られる。憲法改悪に反対する時は半分以上の女性の声を出すべきではなかろうか。自民党についてゆく女性はほとんどが金と利権に絡んだ者が多く、株が上がれば喜ぶ男も株が下がればただの人になってしまう金の世の中です。根底には自分に関係のない人が他国と戦争するのは構わないと考えるのです。あと10年もすると戦争経験者はほとんど認知症症候群以上になっているはずです。中国への侵略戦争に参加し、多くの人を殺めた事実は永久に消えない歴史です。どの国でも女性は子供を産み育てるから原則的には戦争には反対するのです。

70 統帥権と国民の総懺悔とは何か

明治憲法3条では日本国は天皇が現人神で「統帥権を持つ」と定められた。憲法は天皇を中心に絶対的な独裁権力は誰も犯す事が出来ないと定めた。北朝鮮の様に反日ゲリラから反日闘争の勝利を経て金日成が主席になった。その3代目が政治を世襲しているが、日本では天皇家が続いているだけです。周りが甘やかして自由に操った例は韓ドラに出て来るあやつり王様位です。戦時中に一度だけ昭和天皇が靖国神社に参拝したと報道された事がある。国民の墓に天皇が参るなどという事はあり得ない事と云う考えでした。今や国事に天皇を関与させる形で皇族と宮内庁が生き残る手段としている。昭和天皇は統帥権を持ち宣戦布告をして戦争をはじめ、降伏宣告で終戦を知らせた。これは先の戦争の最高責任者であり超一級の戦争犯罪人であるとみなせる。新しい憲法が出来るまでは過渡期の暫定法規が必要であり旧法は停止された。戦後すぐの民法は犯罪者を取り締まる為に旧法で公安警察が活動したのです。政府が考えた国民の総懺悔であり、ここまでするかと怒る人が多かった。皇居前の広場には連日国民が大地に坐り自分の努力が足りなかったと謝ったと、この国民総懺悔キャンペーンは戦後の風物詩の如く多くの新聞が取り上げた。

71　地方行幸で古い体質を擁護

戦後の食糧が無い時も天皇への献米と皇居清掃奉仕の団体や企業があった。大勢の宮内庁の職員を養うには配給制度だけでは足りない事は当然です。天皇とは何の理由からこの象徴の位置に存在するのかを検証する必要がある。そうでないと戦争を起こしても責任を取らない統帥権を持たせた明治が悪いのだ。明治憲法の天皇が統帥権を持つとしたから最後まで統帥の責任を取るべきです。戦前の政治が良いわけでもなく領土を増やす為に兵士や国民を沢山殺したのも事実です。天皇に責任が無いのは日露戦争の犠牲者を含めて第2次大戦の戦災に会った人々を救済せず、皇族だけが責任を逃れた事は世界史でも不思議な現象です。イギリスの王族は政治に関与しないし、国外へ出かけないのが日本とは違います。明治維新で天皇を利用して御用邸や領地を決めてから、皇族を特別扱いにしている。一家族として暮らすなら判るが、なぜ国の象徴に位置づけ免罪にしたのか分からない。厳しい歴史検証が求められる事は、日本の戦争責任の法律ができてからです。日本人は憲法を曲げて解釈した法律を権力に任せる所が未熟で民主的でない。

72　政治に関与できない皇族が国事に

皇族とは戦犯の皇賊と読み替えても子孫が国事に関わるのは異常行為です。明治憲法で絶対的権力を持った人が戦争責任を何の免罪符で通り抜けられたか。選挙権も住民票も無い天皇家は日本人に属するのかと聞くと旅券はあるらしい。勝手に都内を歩き回り、行動ができないように監視されている訳です。国事に関与できる様に皇室典範なる法律を復活させたのが未決の犯罪です。これが宮内庁をして天皇家を復権させようとする勢力の寄り処となっている。判らないのは天皇家が所有の領地に税金も掛けず皇族個人が使用している。戦災の被害を受けた人への救済に領地を民間へ処分して使う事が出来たのです。正に領地と御領邸を民営化にして資金を作る事も考える時に何もしなかった。先の戦災者は今の天皇がその地位ゆえに戦争責任を継承する考えに賛成する。戦後70年間国民に謝罪する事も外国に対する謝罪も同じであると考える。戦時中には各宮家は、昭和天皇に従って、支えて皇族として戦争に参加した。皇族は先の戦争で中国まで出かけて侵略の先頭に立ったから訪中もできない。戦時中は男爵、子爵、伯爵だと天皇の縁続きで位を求めていた時代がある。鹿鳴館時代から国民を苦しめて来た皇族中心主義を改める事が必要です。

73　各党推薦の憲法学者全員が違憲

集団的自衛権は米国では国会議決前に成立するものとして報道されていた。日本の国会は米国との約束通りに承認するだけの機械と化しているのだ。それは自衛隊幕僚長が米国で話したので、政府高官の異常な発言になった。しかし彼らは多数ですから決まってしまう事を先取りしただけと考える。日本の国会議員は米国に馬鹿にされたとしか思えない様な事が議論されている。決まっている事を議論している事は滑稽な事で順序が逆転している。国会は何だと思っているのか、否決されたら誰が責任を取るのかと云いたい。国会は最高の決定機関でありながら安倍政府の意のままにされている。この時国民が怒らないのはどうしたのかと云いたいが連日のデモも当然です。あの60年安保を戦った人達は今や反動のお爺になっているのも有りです。多数の憲法学者と子供も戦争法案反対であり、戦争可能の法律に反対したい。朝日新聞より東京新聞の方が判りやすく説得力がある紙面が多いと思う。赤旗も若者達に、もう少し先の目標を歴史的事実から前に出て示す事です。国民的な運動にはタブーはないから、相手より数が多ければ力になります。

74　昭和6年から平成27年まで

世界史的な経済破綻の大恐慌は米国のＮＹのウォール街に始まった。日本も衝撃を受けたが大陸で覇権の戦争をしており、国内は平静でした。内需は鉄道建設や水力発電所の建設などに力を入れていたと考える。その結果、中国へ侵略の為のなだれ込み戦争を開始して、略奪と殺戮をした。そして軍部は米英国に戦争を仕掛けて、東南アジアへの利権を執ろうとした。大戦では物量の連合軍には勝てず多くの兵士と国民を殺して無条件降伏した。戦争の無条件降伏とは相手の言いなりになる事で終わりの期限はないのです。講和条約も安保条約も全て相手の言いなり、国民は総懺悔して賠償を払った。国民は戦争に反対したが、先頭に立った軍部と財界は後始末もせず変身した。元日本軍の軍人は自衛隊に蓑隠れで、再軍備をして不死鳥の様に生き返った。恐ろしい死の商人はミサイルや兵器を再び作り、儲けて議員を買収してきた。70年も経たない内に昔の財閥は甦り、天皇を頂点にした軍隊を考えている。国民は物も云えなくなる時代が来ているのに、せっせと税金を払っている。年間5兆円は国民全員が一人当たり4万円以上も防衛費を払っている。今18歳に参政権が下がると高校から参加できる権利の獲得に70年もかかった。

75　北関東大震災で原発が水素爆発（2011・3・11）

２０１１年３月の肌寒い昼間に福島県の太平洋棚で発生の超Ｍ８の地震は大津波を作り三陸海岸の全てを飲み込み原発も破壊した。安全神話の原発４基の全てを破壊した。関東大震災から90年間は大きな地震発生は無かったので神話が出来たのです。地震対策も電源喪失時の対策も無い東電福島原発1から4号機が全壊した。この震災で原発付近の被災者は自ら必死に逃げたが2万人近い死者が出た。地震の揺れが大きかったにも拘らず、役所は避難勧告を放置し被害が多く出た。昼間の地震である為に車で移動しようとして渋滞が起き犠牲者が多く出た。それは国内全ての人がテレビ画面で津波に飲まれる人達を驚いて見ていた。更に原発が破壊されて水素爆発し、放射能物質を全身に浴びる人が沢山現れた。行政府は放射能塵がどこへ流れるのかを知りながら、避難者に教えなかった。原発をコントロールできなかったばかりか爆発した後の対処と指導が遅れた。4年経っても原発の廃炉まで40年以上の終点も分からない状態が続いている。その時、鹿児島の川内原発の再稼働が始められて国民感情を逆なでしている。2015年に被災地の宮城の野蒜地区を訪問し今もなお悲惨な事を思い出す。この日本から原発を外国へ売り出そうとしているから驚くのである。三陸鉄道は海岸から高台へ移動し、被災した田では稲も無く草が茫々と茂っていた。

76　憲法違反の参考資料

憲法の前文と第9条では戦争に参加する軍隊を否定した精神が貫かれている。この何処の国にもない人類で初めての崇高な考えが戦争の悲劇から学んだ日本人が武器の無い世界を目指したもので他国が見習う平和憲法の基準になってきた。しかし、金の為に人の命を犠牲にする横縞に星をあしらった旗をなびかせた国の下に縋り付いて兵器産業が盛んになった。昔の軍国主義者が、その子孫に甘い利益を教えた議員が国会で多数を占めると憲法を徐々に解釈変更して戦前に戻し始めた。国民も世代が替り多くの戦争映画に汚染されると戦争のアレルギーも無くなる。10万を越える陸海空軍を自衛隊の名で作り、国民が止める方法も無い儘に戦闘機、軍艦、ミサイルなどあらゆる兵器を備えて、戦車が街を平然と走るようになった。革新的な友人の息子が自衛隊の幹部になり金の為に大学も軍隊に協力するように変わった。どんな企業でも補助金が来れば戦争に使われる兵器の開発に参加するのです。大学も自衛隊が今のようになる前は軍隊アレルギーがあったが、工学系に軍国主義の教授を戦後迎え、軍学共同研究を行った大きな誤りがあった事も事実です。学徒動員で死んだ学生の代わりに軍事研究をした教授が特に工学系で復活した。この事実は曲げられず大学へ自衛官を受け入れた教授と論争した事もあった。「自衛官は貧しくて大学に行けない人々が防衛大学校へ行き、給料を貰い乍ら国立大学へ来たのだから協力しろ」と担当教授は云ったが、説得力はなかった。自衛官は現役軍人であり、今の大学には戦前のような制度はないから仕方がない。政府と予算を気にしながら声をからして力説する元軍人の教授がいた。戦争中に戦闘機を作る事が大事であり、これからも自衛官を育てる事が大切と力説する所は戦争中の下士官のようであった。忠君愛国を目標に戦争した人達には零戦の設計やミサイルはノスタルジアです。日本政府は軍拡をして中国と対決するアメリカと共に軍備を復活させたいと述べてミサイル開発に協力していた。職員には守秘義務と云いつつ教授は三菱重工航空機製作所で講義をしていた。企業も大学に実験室の建物を寄付して、職員室に三菱の社員を常駐させて実験をする事で見返りをうけていた。そこには大学の研究としては公に発表できない資料を作り、データは学会にも発表されず、職員は実戦研究に3年以上も協力させられた。

職員が教授に抗議すると「君達には守秘義務がある」と戦争中の緘口令を命じた。

元軍人教授の中には、「この戦争に勝っていればよかったな」という人もいた。それは多くの学生に影響を与える事になり、戦争肯定の悲惨な事になっていた。三菱重工飛翔体部は国に先駆けてミサイル対ミサイルの研究を始めていた。

77　未来の日本人の行動基準

最初は平和な世界を目指す事、どの動物も、植物も平和的に共存し終焉する。その為に人間だけを幸福にする事ではなく他の動植物も平和共存できる、この地球の限りある資源を大切にして無駄遣いしないように節約する。他の動植物を絶滅させる事を止める行動をする。悲しみと安らぎを共有し瞑想し健康を追求する。終焉を迎える人を優しく介護し、安らかな人生を終えさせる。無理な開発で宇宙空間を汚す行為を戒めて、環境を破壊し、汚させない。最後に地上から全ての兵器を無くす事により侵略や戦争をなくし平和を造る。元々無い国境を排して世界が平和的に一つになるのが最大の目的です。その単に隣国と仲良く行き来できるような関係を築く事が大切です。渡り鳥やバイソン、バファロの移動動物には国境はなく彼ら同士は戦わない。魚もクジラも互いに戦争をする事もないし連鎖のバランスが取れている。一強と繋がる事で、戦で利益を享受しようと企むのはこの辺で止める事です。特に「死の商人」の行動を監視して戦争を未然に防ぐ裁判行動を起す事です。日本の裁判官は最高裁まで戦前と変わらず政府の意向に従う人が多いと思う。これは裁判員にも哀しい事で政府に物申す事も無く傍観するが、これは国民への犯罪です。

78　あとがきは歴史認識の追加分

この歴史認識に特別の項を設けるなら、これを書くまで支えた妻がいたからだ。1960年安保闘争の時には結婚したばかりで、名古屋の街頭へ安保条約反対運動のデモ行進に参加し、その日米安保条約の憲法違反を訴えた事もあった。その時はデモに参加しても翌日は元気に大学へ出勤した事を懐かしく考える。妻は少ない給料から美味しい食事を作り、子供と55年以上も私を支えてくれた。家事の多くをこなしている今日、78歳になっても元気にしていますが、その力が何であるか解らない。妻を心より尊敬し感謝しているが言葉に出せないほどの気持ちで一杯です。55年も家事をしてきた妻に何で報いたらいいのか今考えるのは遅すぎる。もっと以前から、これは考えて置くべき事でしたと長生きしようと思うこの頃です。3食付きのホームがあれば2食にしても良いから熱海で探す事を考えている。2人分の洗濯をこなし、3食を生協の宅配で献立、週2回のヘルパーを受ける。共に「支援2級」の夫婦です。何日か、この状態が崩れる日はやがてきます。私が先に死ぬ事が前提で、それは妻の現在の気力を削ぐ事にもなるかもしれない。そのひとの終焉は避ける事ができないので、誰もが自分の記録を老後に考えます。少し若くして亡くなれば妻は余生を楽しく過ごせるかもしれないが、55年の付き合いは誰より長いので簡単には代えられない。私の歴史認識に入れておきます。心より支えてくれた事に「ありがとう」と申し上げて感謝の記録として置きます。

　子供たちは父親の反戦運動を理解する年になっていますが、此の稀有な考えで生きた父の背中を見ながら成長したとは思われませんが、筋金入りに成りました。兄弟を戦争で2人亡くし負傷兵の兄と共に他の兄弟達が支え合って生きてきた。

　天皇に盾つく心算はないが彼は父の戦争責任を果たしていないから取り上げる。皇族が静かに日本人として何処かで暮らすのは誰も反対しないだろう。報道陣も、それ相当に宣伝してきた手前静かにしているかどうかはわからない。このような荒っぽい歴史認識が今の私にはあるので、偏見で書き下ろした。一国民の忘れえない悲しい戦争の記憶の中で書かれた事は事実です。戦前、戦中、戦後をこの目で見て来たから、こんな文句と、怒りを述べました。之も歴史の一断面ですから、意に反して殺された人が世界に何億と存在します。その遺族が何億人にもなる今日、国境を越えた連帯で戦争を無くしたいと願う。自分だけが平和で幸せなら他人はどうなっても良いと云う考えは捨てましょう。同じ人間だという連帯を忘れないで生きて行きたいという強い願いです。

この一世紀の間にソ連の革命と崩壊、それに対抗した米国が一強になってきた。今や米国の一強で貪欲な世界制覇の局地戦争が世界を巡っているのです。ソ連の崩壊後のロシアは元に戻れないから孤立しない様に中国と関係も強める。米国の下で生き延びた日本経済は技術力、自動車、鉄道車両などで復活した。米国はハワイの征服に始まり、日本との戦争に勝ち、朝鮮戦争では38度線で停戦。ベトナムでは負けた。第1次湾岸戦争にはまり込み、結果は多発テロを招いた。

次にイラクとアフガニスタンへ間違った情報で侵攻して世界の顰蹙を買った。中東の石油が目当ての資本企業が、戦争を支える形でタリバン攻撃を支持した。米国は無人機によるゲーム感覚で多くの婦女子と子供を殺して平気でいる国になった。中国と戦争した訳でもなく互いに首脳が会談し、キューバとも国交を回復した。アメリカは今や北朝鮮を監視し、南北の停戦状態を戦争にするかもしれない。これは先のキューバ危機のソ連のミサイル輸送と同じ理由で、干渉するだろう。何処かで戦争をしないと国の経済が動かなくなっているのは日本と同じです。そこには国民を守る事でなく、企業の武器消耗作戦が組み込まれています。今では、集団的自衛権の法律の政府の目的を国民は知ってしまったのです。この自分が体験した歴史認識を、この法律に対抗する軍服を着たペンとしたい。

79　読者の参加と討論の場

この本の発行所のＴＴＬは１９９７年に設立されて、学術講演会を15回開いた。会報「智恵袋」を１２４号まで毎月発行した。その集大成がこの本です。学術講演者は学長に始まり、名誉教授、現役教授、生協理事、原水協理事などと、毎年3回ずつ合計15回の講演会を開催した。名古屋大学の会員理事が協力してくれました。11年後には主催者の後継者が決らず、多くの情報を山積し組織だけが残った。現在の課題はネットで情報を拡散する事に在り、多くの情報が交差している。著者はTTLを主催しており、此処に書いた事変や事柄に責任がないと考える。書かれた体験の歴史認識は多くの方に知らせたいと願ってまとめた物です。

これを読まれた方は内容について誤字以外の討論への参加も歓迎し、不明な事がある時は一緒に探して考え、行動する事を約束する。この本の弱点はお金を儲ける参考にはならないし、協力もできない。参加者の国籍も年齢も制限はしない、どの宗教にも関係しない。戦争がもたらした被害と人間破壊を見た歴史観です。皆さんの声と疑問、正解を歓迎する事は当然の事と考えている。シンクタンク・ラボはそんな人達の声を集めて木霊させ、平和を守る砦です。ここ伊豆山にも四季はあり、住む人も穏やかで争いも無い平和を保ちたい。

80　**参考資料**

ＴＴＬ（シンク・タンク・ラボ）会報、学術講演会資料（１９９７年〜２００５年）
戦後七〇年・残される課題　中山武敏ほか（２０１５年８月）
東京新聞
朝日新聞
赤旗新聞
六法全書
日本国憲法
日本帝国憲法
高校世界史・地理
日米開戦録　西鋭夫　スタンフォード大学（２０１５年）
皇室典範
国際原子力　ムラ　日本科学者会議（２０１４年）

三好武二の大阪毎日新聞懸賞論文（1925年）
原水爆世界大会資料・名古屋大学50年史（1993年）
七宗町史、自分史
チェルノブイリの火

おぼえがき

誤字脱字が多いのはパソコンの変換が旨く見えなくなったせいにする。時代考証も書いた時が違うので前後して重複している部分があります。その辺りは読者が想像して感じて下さいます様にお願いいたします。之だけ書くのに多くの時間が私の所から消えていたのです。今、書かないと反対勢力に間に合わないという焦りが私を急がせました。此処に書いたものは誰でも年配者なら経験しており、特別な事ではありません。最後にお断りしますが変換の間違いが多くあり申し訳なく思います。

この本の完成には、東方社浅野浩氏の多大な御協力がありました。心よりお礼を申し上げます。

―メ　モ―

稀　有　鳥（けうどり）

1933年生まれ
TTL役員ほか
文部教官、工学博士
所属学会
　日本機械学会、物理学会、航空宇宙学会、
　可視化情報学会、日本科学者会議

住所　静岡県熱海市伊豆山1124-2-613

80年の流れで体験した歴史認識

2016年5月12日　初版第1刷発行

著　者　稀　有　鳥
発行者　浅　野　　浩
発行所　株式会社 東 方 社
入間市下藤沢1279-87　Tel.(04)2964-5436
印刷・製本　株式会社 興 学 社

ISBN978-4-9906679-5-5 C0093 ¥1500E